〔清〕秦巘 编著
鄧魁英 劉永泰 整理

詞繫

第四分册

北京师范大学出版社

匯例詞牌總譜

汇例词牌总谱

詞繫卷十三

宋

水龍吟 百二字　一名鼓笛慢　豐年瑞　海天闊處　莊椿歲　龍吟曲　小樓連苑　　蘇軾

楚山修竹如雲句異材秀出千林表韻龍鬚半剪句鳳膺微漲句玉肌勻繞叶木落淮南句雨晴雲夢句月明鳳裊叶自中郎不見句桓伊去後句知辜負豆秋多少叶　聞道叶嶺南太守句後堂深豆綠珠嬌小叶綺窗學弄句梁州初遍句霓裳未了叶嚼徵含宮句泛商流羽句一聲雲杪叶爲使君洗盡句蠻風瘴雨句作霜天曉叶

《白石詞》注無射商，俗名越調。蔣氏《九宮譜目》注越調。《九宮大成》入北詞越角隻曲。

孫廣《嘯旨》云：龍吟水中，古之善嘯者聞而寫之也。不揚不殺，聲中宮商。愚按：調名實取諸此，想是創製。柳永有一首雖在前，而《樂章集》不載。

呂渭老詞名《鼓笛慢》。曾覿詞有「是豐年瑞」句，名《豐年瑞》。辛棄疾詞名《海天闊處》。解昉詞有「願莊椿歲」句，名《莊椿歲》。史達祖詞名《龍吟曲》。楊樵雲因秦觀詞有「小樓連苑橫空」句，名《小樓連苑》。

羅大經《鶴林玉露》云歎閭邱公顯致仕居吳，東坡過之，必流連信宿。嘗言過姑蘇不游虎邱，不謁閭邱，乃二欠事。

一日閭邱出後房善吹笛者名懿卿佐酒，東坡作《水龍吟》，詠笛材以遺之。《中吴紀聞》云：閭邱孝直，字公顯。東坡謫黄州，公爲太守，與之往來甚密。

楊纘《作詞五要》云：第四要隨律押韻。如越調《水龍吟》、商調《二郎神》，皆合用平，入聲韻。古詞俱押去聲，所以轉折怪異，成不祥之音。白樸《天籟集·水龍吟》原題云：麽前三字用仄者，見田不伐《洋嘔集·水龍吟》二首皆如此。曲妙於音，蓋□無疑。或用平字，恐不堪協。愚按：此詞通體用上聲韻，與楊守齋《作詞五要》正合。

此調體格極多，當以蘇作三首爲正格，餘皆變體。《詞律》謂一定鐵板，殊不盡然。且收趙、辛、陸三體爲式，獨不録蘇詞，可謂數典而忘其祖也。又云第一字有用平聲者，不如仄聲起調。「霜天」二字須用相連語，名作多如此。間有不連者，十中之一耳。此語良是。「道」字是藏韻。

又一體 百一字

詠雁

露寒烟冷蒹葭老句天外征鴻嘹唳韻銀河秋晚句長門燈悄句一聲初至叶應念瀟湘句岸遥人静句水多菰米叶望極平田句徘徊欲下句依前被風驚起叶　須信衡陽萬里叶有誰家豆錦書遥寄叶萬重雲外句斜行横陣句纔疏又綴叶仙掌月明句石頭城下句影摇寒水叶念征衣未搗句佳人拂杵句有盈盈淚叶

首句七字，次句六字，换頭句叶韻，與前作異。又一體也。「天外」「外」字用仄。「望極」句上少一字，恐誤落。平仄亦異。

又一體百二字

楊花

似花還似非花句也無人惜從教墜韻拋街傍路句思量卻是句無情有思叶縈損柔腸句困酣嬌眼句欲開還閉叶夢隨風萬里句尋郎去處句又還被豆鶯呼起叶　不恨此花飛盡句恨西園豆落紅難綴叶曉來雨過句遺踪何在句一池萍碎叶春色三分句二分塵土句一分流水叶細看來豆不是楊花句點點是豆離人淚叶

後結句作一三、一四、一六字，《詞律》於「是」字、「點」字句，必欲比同，辨之不已。不知此原是流水句法，一氣貫下。如劉克莊作「待從今去，願年年強健，插花高會」。及後晁、趙、辛、葛諸家，則確然大異矣，又何說之辭。吴琚一首正用此句。

又一體百二字

魯逸仲

去年今日關山路句疏雨斷魂天氣韻據鞍驚見句梅花的皪句籬邊水際叶一枝折得句雪妍冰麗句風梳雨洗叶正水村山館句倚闌愁立句有多少豆春情意叶　好是叶孤芳莫比叶自不分豆歌梁舞地叶暗香疏影句高禪文友句清談相對叶琴韻初調句茗甌催瀹句爐熏欲試叶向此時豆一段風流句付與晉人高致叶

見《歷代詩餘》。後結一三、一四、一六字，與蘇第三體同。末句不用中二字連，前段第六句平仄反。

又一體百三字

別吳興至松江作　晁補之

水晶宮繞千家句卞山倒影雙溪裡韻白蘋洲渚句詩成春晚句當年此地叶行遍瑤臺句弄英攜手句月嬋娟際叶算多情小杜句風流未睹句空腸斷豆枝間子叶　一似叶君恩賜與句賀家湖豆千峰凝翠叶黃粱未熟句紅旌已遠句南柯舊事叶常恐重來句夜闌相對句也疑非是叶向松陵回首句平蕪盡處句人在青山外叶

末句五字，想有遺脫。

又一體百二字　程垓

夜來風雨匆匆句故園定是花無幾韻愁多愁極句等閑孤負句一年芳意叶柳困花慵句杏青梅小句對人容易叶算好春長在句好花長見句原只是豆人憔悴叶　回首池南舊事叶恨星星豆不堪重記叶如今但有句看花老眼句傷時清淚叶不怕逢花瘦句只愁怕豆老來風味叶待繁紅亂處句留雲借月句也須拚醉叶

前起一六、一七字，與蘇第一體同。後段第六、七句一五、一七字，破句也。

又一體百二字

牡丹　曹組

曉天穀雨晴時句翠羅護日輕烟裡韻酴醾徑暖句柳花風淡句千葩濃麗叶三月春光句上林池館句西都花市叶看輕盈隱約句何須解語句凝情處豆無窮意叶　金殿筠籠歲貢句最姚黄豆一枝嬌貴叶東風既與花王句芍藥須爲近侍叶歌舞筵中句滿裝歸帽句斜簪雲髻叶有高情未已句齊燒絳蠟句向闌邊醉叶

後段第三、四句各六字，亦化板爲活法也。

又一體百二字

雲詞　趙長卿

先來天與精神句更因麗景添殊態韻拖輕苒苒句纔凝一段句還分五彩叶畢竟非烟句有時爲雨句惹晴無奈叶道無心句怎被歌聲遏斷句遲遲向豆青天外叶　宜伴先生醉卧句得饒到豆和山須買叶也曾惱煞襄王句誰道依前不會叶我欲乘歸去句翻悵恨句帝鄉何在叶念佳期未展句天長暮合句儘空相對叶

後段第三、四句各六字，與曹作同。五、六、七句作一五、一三、一四字，與程作同。

又一體百四字

酴醾　　趙長卿

韶華迤邐三春暮韻飛盡繁紅無數叶多情爲與牡丹句長約年年爲主叶曉露凝香句柔條千縷句輕盈清素叶最堪憐豆玉質冰肌句婀娜江梅句漫休爭妬叶　翠蔓扶疏隱映句似碧紗籠罩句越溪游女叶從前愛惜嬌姿句終日愁風怕雨叶夜月一簾句小樓魂斷句有思量處叶恐因循易嫁句東風爛漫句暗隨春去叶

首句起韻，後起句不叶韻。「多情」二句，「從前」二句，皆六字。前結一三字，三四字句，後段次三句，一五、一四字。比各家多二字。

又一體百二字

梅詞　　趙長卿

冰姿玉骨塵埃外句看自有豆神仙格韻花中越樣風流句曾是名標清客叶月夜香魂句雪天孤艷句可堪憐惜叶向枝間句且作東風第一句和羹事豆期他日叶　聞道春歸未識叶問伊家豆那知消息叶當時惱煞林逋句空遶團欒千百叶橫管輕吹處句餘香散句阿誰偏得叶壽陽宮句應有佳人句待

與點豆新妝額叶

一本爲趙彦端作。

次句於三字略逗。前後段第三、四句各六字，後段五、六、七句一五、二七字，與第一首同。兩結句法亦異。

又一體百二字

雨詞　　趙長卿

淡烟輕霧濛濛句望中乍歇凝晴晝韻纔驚一霎催花句還又隨風過了叶清帶梨梢句暈含桃臉句添春多少叶向海棠點點句香紅染遍句分明是豆胭脂透叶　無奈芳心滴碎句阻游人豆踏青攜手叶簷頭綫斷句空中絲亂句纔晴卻又叶簾幕中間垂處句輕風送豆一番寒峭叶正留君不住句瀟瀟更下黄昏後叶

一本爲趙彦端作。《詞律》變格僅收此體，餘皆不録。作譜必求其備，以供後人採擇。去取之間，毫無深義，殊失確當。《詞律》每坐此弊，卷中不勝枚舉，聊記於此。

後段第六、七、八句作一六、一三、一四字，結尾一五、一七字，與各家異。「了」、「少」與「透」「晝」并叶，亦閩音也，究不可從。

又一體百二字

無名氏

淡烟池館句霜飆乍緊句又是年華暮韻黄花老盡句丹楓舞困句江梅初吐叶點綴南枝句暗傳春信句

玉苞微露叶憑危闌空斷句誰家素臉句遥山遠豆空凝佇叶　昨夜一枝開處叶正前村豆雪深幽曙叶年來只恐句瑶臺雲散句玉京人去叶庾嶺寒餘句漢宫妝曉句飛堆行雨叶仗誰人惜取句孤芳雅致句作春光主叶

見《梅苑》。

前起兩四、一五字，與各家異。

又一體百字

周總領生朝　張元幹

水晶宫映長城句藕花萬頃開浮蕊韻紅妝翠蓋句生朝時候句湖山摇曳叶珠露争圓句香風不斷句普熏沈水叶似瑶池侍女句霞裾緩步句壽烟光裡叶　霖雨已沾千里叶兆豐年豆十分和氣叶星郎緑鬢句錦波春釀句碧筩宜醉叶荷橐還朝句青氈奕世句除書將至叶看巢龜戲葉句蟠桃著子句祝三千歲叶

前結句四字，與後段同，與各家異。

又一體百二字

杏花　周紫芝

小桃零落春將半韻雙燕卻來池館叶名園相倚句初開繁杏句一枝遥見叶竹外斜穿句柳間深映句

粉愁香怨叶任紅欹豆宋玉牆頭十里句曾牽惹豆人腸斷叶　常記山城斜路句噴清香豆日遲風暖叶春陰趁後句馬前惆悵句滿枝妝淺叶深院簾垂雨句愁人處句碎紅千片叶料明年更發句多應更好句約鄰翁看叶

前起句起韻，與蘇、趙第二首同。後段第六、七、八句，一五、一三、一四字，與程作同。前結句法略異。

又一體百四字

游釣臺　葛立方

九州雄傑溪山句遂安自古稱佳處韻雲迷半嶺句風號淺瀨句輕舟斜渡叶朱閣橫飛句漁磯無恙句鳥啼林塢叶弔高人陳迹句空瞻遺像句知英烈豆誰千古叶　憶昔龍飛光武叶悵當年豆故人何許叶羊裘自貴句龍章難換句不如歸去叶七里溪邊句鸕鷀源畔句一蓑烟雨叶嘆如今宕子句翻將釣手句遮日向豆西秦路叶

後結一五、一四、一六字，與前結同，又變一格。張孝祥二首皆同，不得謂無此體也。

又一體百二字　辛棄疾

盤園任子嚴安撫掛冠得請，客以高風名其堂，書來索詞，爲賦。

斷崖千丈孤松句掛冠更在松高處韻平生袖手句故應休矣句功名良苦叶笑指兒曹句人間醉夢句莫嗔驚汝叶問黃金餘幾句旁人欲說句田園記豆君推去叶　嘆息薌舊隱句對先生豆竹窗松戶叶一花一草句一觴一詠句風流杖屨叶野馬塵埃句扶搖下視句蒼然如許叶恨當年豆九老圖中句忘卻花盤園林路叶

後起句五字，結句一三、一四、一七字，與各家異。各譜均未收此體。

又一體百三字　辛棄疾

愛李延年歌，淳于髡語。今爲詞，庶幾高唐、神女、洛神賦之意云。

昔時曾有佳人句翩然絕世而獨立韻未論一顧傾城句再顧又傾人國叶寧不知其句傾城傾國句佳人難再得叶看行雲行雨句朝朝暮暮句陽臺下豆襄王側叶　堂上歌闌燭滅句記主人豆留髡送客叶合樽促坐句羅襦襟解句微聞薌澤叶當此之時句止乎禮義句不淫其色叶但啜其泣矣句啜其泣矣句又何嗟及叶

前段第三、四句兩六字，七句五字。比各家多一字。

又一體百二字

用見山韻餞別　　吴文英

夜分溪館漁燈句巷聲乍寂西風定韻河橋送遠句玉簫吹斷句霜絲舞影叶薄絮秋雲句淡蛾山色句宦情歸興叶怕烟江渡後句桃花又泛句宫溝上豆春流緊叶　新句欲題還省叶透香煤豆重箋誤隱叶西園已負句林亭移酒句松泉薦茗叶攜手同歸處句玉奴喚豆緑窗春近叶想驕驄豆又踏西湖句二十四番花信叶

後段第六、七句與程、趙作同，結處句法與魯作同。

又一體百二字

壽嗣榮王　　吴文英

望中璇海波新句信槎又匝銀河轉韻金風細裊句龍枝聲奏句鈞簫秋遠叶南極飛仙句夜來催駕句祥光重現叶紫霄承露掌句瑶池蔭密句蟠桃秀豆螽蓮綻叶　新棟晴雲淩漢叶早涼生豆蘭繁書卷叶綉裳五色句昆臺十二句香深簾捲叶花萼樓高處句連清曉句千秋傳宴叶賜長生玉宇句鸞迴鳳舞句下蓬萊殿叶

後段六、七、八句與前同。「雲」字，《汲古》作「翚」。

又一體百二字

壽尹梅津　吴文英

望春樓外滄波句舊年照眼青銅鏡韻煉成寶月句飛來天上句銀河流影叶紺玉鈎簾處句橫犀麈句天香分鼎叶記殷雲殿鎖句裁花剪露句曲江畔豆春風勁叶　槐省叶紅塵晝静叶午朝回豆吟生晚興叶春霖綉筆句鶯邊清曉句金猊旋整叶閬苑芝仙貌句生綃對豆緑窗深景叶弄瓊英數點句宫梅信早句占年光永叶

前後段第六、七、八句，皆一五、一三、一四字。换頭句叶二韻，與魯作同。

又一體百六字

代元覽和東泉學士自壽之作　張雨

古來宰相神仙句有誰得似東泉老韻今朝佳宴句楊枝解唱句花枝解笑叶鐘鼎山林句同時行輩句故人應少叶問功成身退句何須更學句鴟夷子豆烟波渺叶　我自深衣獨樂句儘從渠豆黄塵烏

帽叶後來官職句清高一品句還他三少叶不須十載光陰句渭水相逢句又入非熊夢了叶到恁時豆拂袖逍遥句勝戲十洲三島叶

後段第六、八句各六字，比各家多四字。

又一體九十九字

史孝祥

清明後浹日，過子方小飲。闌邊玉茶正花，香韻蕭遠。主人出侍人彈琵琶侑觴，酒未終，上馬徑去。恍然藍橋、溢浦之遇也，作《水龍吟》以紀其事。

等閑過了清明句草痕深豆一庭新翠韻光風信息句牡丹初褪句荼蘼猶未叶燕語清圓句梅英鬆潤句困人天氣叶笑文園倦客句詩才減盡句猶有傷春意叶　別有留春去裡叶小房櫳豆玉英雙倚叶天香浮動句銖衣乍試句鉛華盡洗叶一面琵琶句輕攏慢撥句未觴先醉叶又匆匆豆藍橋路隔句謾增凝睇叶

見《牆東類稿》，原作史藥房。《鐵網珊瑚》有藥房題范文正公書伯夷頌詩，署款稱眉山史孝祥，下有朱文藥房印。可見孝祥爲藥房之名，眉山，其郡望也。

前起與後起同，前結句五字，比各家少一字。後結一三、兩四字，比各家少二字。向無此體，定是訛脱。姑存之。

又一體 百二字　　辛棄疾

用「些」語再韻瓢泉歌以飲客，聲語甚諧，客皆爲之釂。

聽兮清佩瓊瑤韻些句明兮鏡秋毫叶些句君無去此句流昏漲膩句生蓬蒿叶些句虎豹甘人句渴而飲汝句猿猱叶些句大而流江海句覆舟如芥句君無助豆狂濤叶些句　路險兮山高叶些句予塊獨處無聊叶些句冬槽春盎句歸來爲我句製松醪叶些句其外芬芳句團龍片鳳句煮雲膏叶些句古人兮既往句嗟予之樂句樂簞瓢叶些句

此仿楚騷體，每句於住字上一字用韻。雖福唐體之變格，而規矩森然。較黃庭堅《瑞鶴仙》隱括《醉翁亭記》詞爲勝。録之以備一格。

「膩」字，《汲古》作「賦」，「渴」而下缺「飲」字，「予塊」二字作「愧余」，皆誤。

又一體 百三字

效稼軒體招落梅魂　　蔣捷

醉兮瓊瀣浮觴韻些句招兮遣巫陽叶些句君毋去此句颶風將起句天微黄叶些句野馬塵埃句汙君楚楚句白霓裳叶些句駕空兮雲浪句茫洋東下句流君往他方叶些句　月滿兮方塘叶些句叫雲兮豆

笛淒涼叶些句歸來兮爲我句重倚蛟背句寒鱗蒼叶些句俯視春紅句浩然一笑句吐幽香叶些句翠禽兮弄曉句招君未至句我心傷叶些句

此亦每句住字上皆叶平韻，同辛體。惟後段第三句五字，比各家多一字。「方塘」二字，《汲古》作「西廂」。

鼓笛慢百二字

趙長卿

甲申五月，仙源試新水。雨過絲生，荷香襲人，因感而賦此詞。

暑風吹雨仙源過句深院静豆涼於水韻蓮花郎面句翠幢紅粉句烘人香細叶別院新翻句曲成初按句詞清聲脆叶奈難堪羞澀句朦鬆病眼句無心聽豆笙簧美叶　還記叶當年此際叶嘆飄零豆萍踪千里叶楚雲寂寞句吴歌淒切句成何情意叶因念而今句水鄉瀟灑句風亭高致叶對花前豆可是十分蒙斗句肯辜歡醉叶近時病眼。

此與秦觀《鼓笛慢》正調不同，與《水龍吟》恰合。想因蘇作詠笛而立別名。吕渭老一首同。次句亦六字，於三字逗，與趙作同。換頭句叶二韻，與魯作同。

龍吟曲百二字

陪節欲行留別社友

史達祖

道人越布單衣句興高愛學蘇門嘯韻有時也伴句四佳公子句五陵年少叶歌裡眠香句酒酣喝月句壯懷無撓叶楚江南豆每爲神州未復句闌干靜豆慵登眺叶　今日征夫在道叶敢辭勞豆風沙短帽叶休吟稷穗句休尋喬木句獨憐遺老叶同社詩囊句小窗針綫句斷腸秋早叶看歸來豆幾許吳霜染鬢句驗愁多少叶

《絶妙好詞箋》云：梅溪曾陪侍臣至金，故有此詞。

此與《水龍吟》無異，只兩結句法差殊。

賀新涼百十五字　一名賀新郎　風敲竹　乳燕飛　貂裘換酒　金縷歌　金縷衣　金縷曲

余倅杭日，府僚湖中高會，群妓畢集。惟秀蘭不來，營將督之再三乃來。僕問其故，答曰：「沐浴倦卧，忽有扣門聲，急起詢之，乃營將催督也。整妝趨命，不覺稍遲」。時府僚有屬意於蘭者，見其不來，恚恨不已，云必有私事。秀蘭含淚力辯，而僕亦從旁冷語，陰爲之解。府僚終不釋然也。適榴花開盛，秀蘭以一枝藉手獻座中。府僚愈怒，責其不恭。秀蘭進退無據，但低首垂淚而已。僕乃作一曲名《賀新涼》，令秀蘭歌以侑觴。聲容妙絶，府僚大悦，劇飲而罷。

乳燕飛華屋韻悄無人豆槐陰轉午句晚涼新浴叶手弄生綃白團扇句扇手一時似玉叶漸困倚豆孤眠清熟叶簾外誰來推綉户句枉教人夢斷瑶臺曲叶又卻是豆風敲竹叶　石榴半吐紅巾蹙叶待浮花浪蕊都盡句伴君幽獨叶穠艷一枝細看取句芳意千重似束叶又恐被豆西風驚緑叶若待得君來向此句花前對酒不忍觸叶共粉淚豆兩簌簌叶

《九宫大成》入南詞南吕宫引。一名《金縷詞》，與本宫正曲不同。又入北詞南吕調隻曲。

各譜俱作《賀新郎》。據胡銓《玉音問答》所載是蘇作，本名《賀新涼》，孝宗改爲《賀新郎》。今當從其朔。因前結句，又名《風敲竹》。黄機詞名《乳燕飛》。張輯詞有「貂裘换酒長安市」句，名《貂裘换酒》。吴文英詞名《金縷歌》，又名《金縷衣》。張榘因葉夢得詞有「唱金縷」句，名《金縷曲》。

《古今詞話》所載與原題同。《苕溪漁隱叢話》云：東坡此詞，冠絶古今，寄意高遠，寧爲一妓而發耶，「簾外」三句，用古詩「捲簾風動竹，疑是故人來」之意。「石榴半吐」五句，蓋初夏之時，千花事退，榴花獨芳，因以寫幽閨之情也。野哉楊湜之言，真可入笑林矣。（節録）《玉音問答》云：隆興元年，五月三日晚，胡銓侍上於内殿之秘閣。上御玉荷杯，銓用金鴨杯，令潘妃唱《賀新郎》。蘭香執玉荷杯，上自注酒，賜銓曰：「《賀新郎》者，朕自賀得卿也。酌以玉荷杯者，示朕飲食與卿同器也。」銓再拜謝。詞中有所謂「相見了又重午」，又有「湘江舊俗」之句，銓流涕。上亦黯然（節録）。

前後第二句，有用仄仄平平者。「白」字、「細」字各家多用平，間有用仄者。如七言詩之拗句，可不拘。凡七言四句，下三字有用平平仄者，有前拗而後順者，有後拗而前順者，有全拗者。余謂此等詞，皆當前後整齊相對，不可參錯。且宜上四下三字，不可用上五下二句法。如此詞「若待」句，不可學。「花前」句上少一字，亦勿從。兩結各家多用平仄仄仄平仄，只當從其多者爲是。《詞律》謂定格，余所不解也。「蕊」、「看」、「不」、「忍」作平。

又一體百十六字　葉夢得

睡起流鶯語韻掩蒼苔豆房櫳向晚句亂紅無數叶吹盡殘花無人問句惟有垂楊自舞叶漸暖靄豆初回輕暑叶寶扇重尋明月影句暗塵侵上有乘鸞女叶驚舊恨豆遽如許叶　江南夢斷蘅皋渚叶浪黏天豆葡萄漲緑句半空烟雨叶無限樓前滄波意句誰採蘋花寄與叶但悵望豆蘭舟容與叶萬里雲飄何時到句送孤鴻目斷千山阻叶誰爲我豆唱金縷叶

劉昌詩《蘆浦筆記》云：葉石林《賀新郎》詞「容與」「與」字，去聲。歌者不辨，妄改「寄與」作「寄取」，良可笑也。慶元庚申，石林之孫筠守臨江，嘗從容語及。謂賦此詞時，年方十八。而傳者乃云爲儀真妓女作，詳味句意，皆不相干。或是書此以遺之爾。（節録）

前後次句用平平仄仄，第四句及七句皆作平仄平平平平仄，兩結用平仄仄仄平仄，前後整齊。南宋後多用此體。「無人問」三字，一本作無人見，「蘅皋」二字作「橫江」，「寄與」二字作「寄取」。「月」作平，「與」、「爲」去聲。

又一體百十四字

別竹西　吕渭老

斜日封殘雪韻記別時豆檀槽按舞句霓裳初徹叶唱煞陽關留不住句桃花面皮似熱叶漸點點豆珍

珠承睫叶門外潮平風席正句指佳期共約花同折叶情未忍豆帶雙結叶　釵金未斷腸先結叶下扁舟句更有暮山千疊叶别後武陵無好夢句春山子規更切叶但孤坐豆一簾明月叶蠶共繭豆花同蒂句甚人生要見底多離别叶誰念我豆淚如血叶

後段次三句，一三、一六字，七句六字，八句九字，與各家異。

又一體百十六字

送胡邦衡待製赴新州　張元幹

夢繞神州路韻悵秋風豆連營畫角句故宫離黍叶底事昆侖傾砥柱叶九地黄流亂注叶聚萬落豆千村狐兔叶天意從來高難問句况人情老易悲難訴叶更南浦句送君去叶　涼生岸柳催殘暑叶耿斜河豆疏星淡月句斷雲微度叶萬里江山知何處叶回首對牀夜語叶雁不到豆書成誰與叶目盡青天懷今古叶肯兒曹恩怨相爾汝叶舉大白句聽金縷叶

前後段第四句、後七句皆叶韻。「度」字，一作「雨」。

又一體百十六字　楊炎正

夢裏驂鸞馭韻望蓬萊不遠句翩然被風吹去叶吹到楚樓烟月上句不記人間何處叶但疑是豆蓬壺

別所叶縹緲霓裳天女隊句奉一仙滿把流霞舉叶如喚我豆醉中舞叶　醉醒夢覺知何許叶問瀟湘今日句誰與主盟樽俎叶無限青春難老意句擬倩管弦寄與叶待新築豆沙堤穩步叶萬里雲霄都歷遍句卻依前流水桃源路叶留此筆豆爲君賦叶

前後段第二、三句，用一五、一六字與各家異。「爲」去聲。

又一體百十七字　　辛棄疾

柳暗淩波路韻送春歸豆一番新緑句猛風暴雨叶千里瀟湘蒲桃漲句人解扁舟欲去叶又檣燕豆留人相語句艇子飛來生塵步叶唾花寒唱我新翻句叶波似箭豆催鳴艣叶　黄陵祠下山無數叶聽湘娥豆泠泠曲罷句爲誰情苦叶行到東吴春已暮叶正江闊豆潮平穩渡叶望金雀豆觚稜翔舞叶前度劉郎今重到句問元都千樹花存否叶愁爲倩豆幺弦語叶

此與葉體同。惟後段第五句七字多一字，而前第七句、後四句叶韻，四七字句，三用拗句。「語」字，《汲古》作「訴」。「爲」去聲。

又一體百十五字　　馬子嚴

客裡傷春淺韻問今年梅蕊句因甚化工不管叶陌上芳塵行處滿叶可計天涯近遠叶見説道豆迷樓

左畔叶一似江南先得暖叶向何郎庭下都尋遍叶辜負了豆看花眼叶　古來好物難爲伴叶只瓊花一種句傳來仙苑叶獨許揚州作珍産叶須勝了豆千千萬萬叶又卻待豆東風吹綻叶自昔聞名今見面叶數歸期屈指家山晚叶歸去説句也希罕叶

後段第二、三句，一五、一四字，比各家少二字。五句七字多一字，而前後第四、七句皆叶韻，僅見此作。馬子嚴一作莊父，字子嚴。「看」去聲。

又一體百十六字

李南金

流落今如許韻我亦三生杜牧句爲秋娘著句叶先自多愁多感慨句更值江南春暮叶君看取豆落花飛絮叶也有吹來穿綉幌句有因風飄墮隨塵土叶人世事豆總無據叶　佳人命薄君休訴叶若説與豆英雄心事句一生更苦叶且盡樽前今日意句休記緑窗眉嫵叶但春到豆兒家庭户叶幽恨一簾烟月曉句恐明朝燕亦無尋處叶渾欲倩豆鶯留住叶

《鶴林玉露》云：有良家女流落可嘆者，余同年李南金贈以詞云云。凄婉頓挫，不減古作者。

前段第二、三句，一六、一五字句法，史達祖數首多用此體。「墮」字一作「墜」，「燕」字作「雁」。

哨遍 二百三字　哨一作稍

陶淵明賦《歸去來》，有其詞而無其聲。余治東坡，築雪堂於上，人皆笑其陋，獨鄱陽董毅夫過而悅之，有卜鄰之意。乃取《歸去來詞》稍加隱括，使就聲律以遺毅夫，使家僮歌之。時相從於東坡，釋耒而和之，扣牛角而爲之節，不亦樂乎！

爲米折腰句因酒棄家句口體交相累韻歸去來句誰不遣君歸換平叶覺從前豆皆非今是仄叶露未晞平征夫指予歸路句門前笑語喧童稚仄叶嗟舊菊都荒句新松暗老句吾年今已如此仄叶但小窗容膝閉柴扉平叶策杖看豆孤雲暮鴻飛平叶雲出無心句鳥倦知還句本非有意仄叶　噫平叶歸去來兮平叶我今忘我兼忘世仄叶親戚無浪語句琴書中有真味仄叶步翠麓崎嶇句泛溪窈窕句涓涓暗谷流春水仄叶觀草木欣榮句幽人自感句吾生行且休矣仄叶念寓形宇內復幾時平叶不自覺豆皇皇欲何之平叶委吾心豆去留誰計仄叶神仙知在何處句富貴非吾志仄叶但知臨水登山嘯詠句自引壺觴自醉仄叶此生天命更何疑平叶且乘流豆遇坎還止仄叶

《九宮大成》「哨」一作「稍」，入北詞中呂調套曲。

原注般涉調，涉讀作瞻，蓋世所謂般瞻之稍遍也。般瞻，龜茲語也。華言羽五聲，蓋羽聲也。此曲爲羽音，羽於五音之次爲第五，故以遍名。今世作般涉，誤矣。《稍遍》三疊，每疊加促字，當爲「稍」，讀去聲。世作「哨」，或作「涉」，皆非是。

《侯鯖録》云：東坡在昌化軍，長負大瓢行歌田間，所歌者《哨遍》也。饁婦年七十云：内翰昔日富貴，一場春夢耳。里人因呼此婦爲春夢婆。楊維楨詩：「東坡《哨遍》無知己，賴有人間春夢婆」。此平仄互叶體。「折」字、「棄」字、「坎」字，必仄聲。「但知」二句是兩字領下兩六字句，均勿誤。「流春水」三字，《詞律》作「如流水」，「誰計」二字作「難計」。「孤雲暮鴻」，一本作「孤鴻暮雲」。「志」字作「願」失叶。「臨水登山」四字，作「登山臨水」。不如此本較勝。「口」、「去」、「遣」、「露」、「笑」、「暗」、「已」、「小」、「策」、「杖」、「有」、「浪」、「翠」、「窈」、「暗」、「草」、「自」、「寓」、「宇」、「幾」、「不」、「處」、「富」、「自」、「此」可平。「誰」、「皆」、「歸」、「門」、「今」、「容」、「雲」、「中」、「真」、「涓」、「流」、「幽」、「留」、「神」、「臨」、「天」、「乘」可仄。「爲」去聲。

又一體 二百三字

春詞

睡起畫堂句銀蒜押簾句珠幕雲垂地韻初雨歇句洗出碧羅天句正溶溶豆養花天氣叶一霎時換平叶風回芳草句榮光浮動句捲皺銀塘水仄叶方杏靨勻酥句花鬚吐綉句園林紅翠排比叶見乳燕捎蝶過繁枝平叶忽一綫爐香惹游絲平叶晝永人閑句獨立斜陽句晚來情味仄叶　便攜將佳麗仄叶乘興深入芳菲裡仄叶撥胡琴語句輕攏慢撚總伶俐仄叶看緊約羅裙句急趣檀板句霓裳放破驚鴻起仄叶正顰月臨眉句醉霞橫臉句歌聲悠揚雲際仄叶任滿頭紅雨落花飛平叶漸鳷鵲樓西玉蟾低平叶尚徘徊豆未盡歡意仄叶君看今古悠悠句浮幻人間世仄叶這些百歲光陰幾日句三萬六千而已仄叶醉鄉路穩不妨行句但人生豆要適情耳仄叶

《九宫大成》南詞小石調正曲。愚按：小石調屬商音，與舊注羽音不合。此亦平仄互叶體。但「天」字不叶韻，前段七、八、九句，一七、一四、一五字，換頭不用一字句，三、四句，一四、一七字。「園林」句，平仄不同，「漸鳩鵲」句，句法異。「悠」字用平住，「世」字叶，皆與前異。其餘平仄句法亦有不同，作者各從其一是可也。《詞律》「時」字作「暖」，「韠月」上缺「正」字，「飛」字下多一「墜」字。今從《詞林紀事》改正。「盡」，「押」，「適」仄聲。

又一體 二百三字

王安中

陽翟蔡侯原道恬於仕進。其内吕夫人有林下風，相與營歸歟之計而未果。則囑予以《北山移文》度曲，且朝夕使家僮歌之，亦可以見泉石之勝。其詞曰：

世有達人瀟灑出塵句招隱青霄際韻終始追游覽老山棲換平叶藐千金豆輕脱如屣仄叶彼假容江皋句濫巾雲岳句攖情好爵欺松桂仄叶覿向釋談空句尋真講道句巢由何足相擬仄叶待詔盡來起便驂馳平叶席次早豆焚裂芰荷衣平叶敲撲喧喧句牒訴怱怱句抗顔自喜仄叶　嗟句明月高霞句石徑幽絶誰回睇仄叶空悵猿驚處句凄涼孤鶴嘹唳仄叶任别壑争譏句衆峰竦誚句林慚澗愧移星歲仄叶方浪枻神京句騰裝魏闕句徘徊經過留憩仄叶致草堂靈怒蔣侯麾平叶扃岫幌豆驅烟勒新移平叶忍丹崖豆碧嶺重滓仄叶嗚湍聲斷幽谷句逋客歸何計仄叶信知一逐浮榮句便喪素守句身成俗士仄叶伯鸞家有孟光妻平叶豈逡巡豆眷戀名利仄叶

此與蘇第一首同。惟「嗟」字不叶，「屣」字韻下少叶一韻，「彼假容」下九字，一五、一四字句，「信知」下一六、兩四字句，微異。「達」，「出」入聲。「戀」上聲。

又一體 二百三字

秋水觀　辛棄疾

蝸角鬥爭句左觸右蠻句一戰連千里韻君試思換平叶方寸此心微平叶總虛空豆并包無際仄叶喻此理仄叶何言泰山毫末句從來天地一稊米仄叶嗟小大相形句鳩鵬自樂句之二蟲又何知平叶記跖行仁義孔丘非平叶更殤樂長年老彭悲平叶火鼠論寒句冰蠶語熱句定誰同異仄叶　噫平叶貴賤隨時平叶連城纔換一羊皮平叶誰與齊萬物句莊周吾夢見之平叶正商略遺篇句翩然顧笑句空堂夢覺題秋水仄叶有客問洪河句百川灌雨句涇流不辨涯涘仄叶於是焉河伯欣然喜仄叶以天下之美盡在己仄叶渺滄溟豆望洋東視仄叶逡巡向若驚嘆句謂我非逢子仄叶大方達觀之家未免句長見悠然笑耳仄叶此堂之水幾何其平叶但清溪一曲而已仄叶

此與蘇第一首同。惟「思」字、「理」字、「知」字、「皮」字、「喜」字、「已」字七叶韻，平仄亦異。「鬥」、「右」上聲，「曲」入聲。

又一體二百一字

爲趙成父賦魚計亭　辛棄疾

池上主人句人適忘魚句魚適還忘水韻洋洋乎豆翠藻青萍裡叶相魚兮豆無便於此叶當試思換平叶莊周談兩事仄叶一明豕蝨一羊蟻仄叶説蟻慕於羶句於蟻棄知句又説於羊棄意仄叶甚蝨焚於豕獨忘之平叶卻驟説於魚爲得計仄叶千古遺文句我不知言句以我非子仄叶噫平叶子固非魚句魚之爲計子焉知平叶河水深且廣句風濤萬頃甚依平叶有網罟如雲句鵜鶘成陣句過而留泣計應非平叶其外海茫茫句下有龍伯句饑時一啖千里仄叶更任公五十犗爲餌仄叶使海上人人厭腥味仄叶似鵾鵬變化幾平叶東游入海此計仄叶直以命爲嬉平叶古來謬算狂圖五鼎句烹死恆爲平地仄叶嗟魚欲事遠游時平叶請三思而可矣仄叶

此亦與蘇前作同。只「裡」字叶韻，「又説」句平仄異。「莊周」句五字，「似鵾鵬」句六字，各少一字，而平仄叶韻亦不甚同。《詞律》云：各譜俱於「幾」字上落一字，存參。「古來謬算」下十四字，是兩字領起下兩六字句法，與蘇作同。《詞律》作一六、兩四字句，誤。「恆」字，《汲古》作「伯」。「主」上聲。

又一體百九十九字

括王摩詰與裴迪書　　汪莘

近臘景和句故山可過句足下聽余述韻便是往山中句憩精藍句與僧飯訖叶北涉灞川明句月華映郭句夜登華子岡頭立叶嗟輞水淪漣句與月上下句寒山遠火朦朧換平叶聽林外豆犬類豹聲雄平叶更村落誰家鳴夜舂平叶疏鐘相聞句獨坐此時句多思往日仄叶　噫句記與君同平叶清流仄徑玉琤琮平叶攜手賦佳什仄叶往來蘿月松風平叶只待仲春天句春山可望句山中卉木垂蘿密仄叶見出水輕鯈句點溪白鷺句青皐零露方濕仄叶雉朝飛隴鳴儔匹仄叶念去此非遥莫相失仄叶倘能從我敢相必仄叶天機非子清者句此事非所急仄叶是中有趣殊深句願子無忽仄叶不能一一仄叶偶因馱蘗附吾書句是山人豆王維摩詰仄叶

此亦與蘇第一首同。但平仄各叶韻，與各家異。前段第四、五句，一五、一七字，比蘇作少三字。「雉朝飛」句七字，少一字，句法亦異。「是中」三句，一六、兩四字，少四字。「藍」字、「書」字均不叶韻。「景」、「可」上聲。

又一體二百二字

劉克莊

昔坡公以《盤谷序》配《歸來詞》。然陶詞既隱括入，韓序則未也。暇日游方氏龍山別墅，試效顰爲之，俾主人刻之崖云。

勝處可宮句平處可田句泉土尤甘美韻深復深豆路絶住人稀換平叶有人兮豆盤旋於此仄叶送子歸平叶是他隱居求志句是要明主媒當世仄叶嗟此意誰論句其言甚壯句孔顔猶有遺旨仄叶大丈夫之被遇於時平叶入坐廟朝出旗麾平叶列屋名姬句夾道武夫句滿前才子仄叶　噫平叶有命存焉句吾非惡此而逃之平叶富貴人所欲句如之何倖而致仄叶向茂樹堪休句清泉可濯句谷中別有閒天地仄叶鱠細於絲句蕨甜似蜜句採於山豆釣於水仄叶大丈夫不遇時之所爲平叶唐處士豆依稀是吾師平叶覺山林豆尊如朝市仄叶五侯門下賓客句擾擾趨形勢仄叶嗟盤之樂誰爭子所句占斷千秋萬歲仄叶呼童秣馬更膏車句便與君豆從今逝矣仄叶

此仿蘇詞而作，與蘇第一首同。惟前段第十三句七字，少一字。後段次句「焉」字不叶，三句用平叶，九句少一領字，十二句九字，多一字，十九句不叶平韻。餘無異。

愚按：　蘇詞縱橫馳驟，全以氣行。不斤斤於繩尺，而節奏自然合拍，超乎迹象之外。其天才奇特，固不若子野、耆卿之含商咀徵者比也。兩作各極其勝。《詞律》謂《春詞》一首數處不合格，殊不可解。本譜臚列七體，作者欲填某體，即謹守某體，各從其是，慎勿參差作騎牆之見。他調仿此。二「可」字用上聲。

憶黃梅 七十九字　　王觀

枝上葉兒未展韻已有墜紅千片叶春意怎生防句怎不怨叶被我安排句矮牙斗閂帳句和嬌艷叶移

在花叢裡面叶　請君看叶惹清香句偎媚暖叶愛香愛暖金杯滿叶問春怎管叶大家便豆拚做東風句總吹教零亂叶猶几自豆輸我鴛鴦一半叶

調見《梅苑》。他無作者，以詞意爲名。《詞律》未收。

「便拚」二字，《梅苑》作「拚便」。「吹教」二字，葉《譜》作「教吹」，誤。

江城梅花引 八十七字　一名江梅引

年年江上見寒梅韻幾枝開叶暗香來叶疑是月宮豆仙子下瑤臺叶冷艷一枝春在手句故人遠句相思切句寄與誰叶　怨極恨極句嗅玉蕊换仄叶念此情句家萬里仄叶暮霞散綺仄叶楚天碧豆幾片斜飛平叶爲我多情豆特地點征衣平叶花易飄零人易老句正心碎句那堪聞句塞管吹平叶

洪皓詞名《四笑江梅引》。程垓詞名《攤破江城子》。白樸詞名《江梅引》。趙崇嶓詞名《明月引》。周密詞名《梅花引》。陳允平詞名《西湖明月引》。

見《花草粹編》平仄互叶體。洪皓所和韻，即此詞也。其爲創調無疑。《梅苑》名《江梅引》，爲柳永作。又見姚燧《牧庵詞》亦名《江梅引》，皆誤。

《詞律》云：此詞相傳爲前半用《江城子》，後半用《梅花引》，故合名《江城梅花引》。蓋取「江城五月落梅花」句也。

愚按：前段比《江城子》多一三字句，後段只六、七兩句與《小梅花》同，當名《攤破江城子》爲是。詞之以兩名合調者始此。後世集曲之所由起也。

「春」字，《梅苑》作「雖」，「碧」字作「外」，「花易」二字作「我已」，「人」字作「君」。「月」、「冷」、「一」、「怨」、

「恨」、「此」、「特」、可平。「花」、「心」可仄。「爲」去聲。

又一體 八十七字　一名四笑江梅引

使北時和李漢老　　洪　皓

去年湖上雪欺梅韻月飛來叶片雲開叶雪月光中豆無處認樓臺叶今歲梅開依舊雪換仄人如月叶仄對花笑句還有誰叶平　一枝兩枝叶平三四蕊仄叶想西湖句今帝里仄叶綵箋爛綺仄叶孤山外句目斷雲飛平叶坐久花寒豆香露濕人衣平叶誰作叫雲橫短玉句三弄徹叶前仄對東風句和淚吹平叶

《容齋五筆》云：紹興丁巳，行在始歌《江梅引》，不知爲誰人所作。己未、庚申年，北庭亦傳之。至於壬戌，先忠宣公在燕，赴張愢侍御家宴。侍妾歌之，感其「念此情，家萬里」之句，愴然曰「此詞殆爲我作」。既歸，不寐，遂用韻賦四闋。其一《憶江梅》，其二《訪寒梅》，其三《憐落梅》，第四篇失其稿。每首有一「笑」字，北人謂之《四笑江梅引》，爭傳寫焉。愚按：原詞三首，皆與前同。此首或是第四首，或另作。原題《和李漢老》，想李邴亦有此體，非李創也。此和王韻。惟「雪」、「月」、「徹」三字自爲叶，換頭「枝」字叶韻，與前異。

又一體 八十七字　一名攤破江城子

程　垓

娟娟霜月冷侵門韻怕黃昏叶早黃昏叶手撚梅花豆無語對芳樽叶酒又不禁愁未醒句斷魂遠句一

更更句更斷魂叶　斷魂疊叶斷魂疊叶空斷魂叶被兒裡句香半溫叶睡也睡也句睡不穩豆誰與溫存叶惟有窗前豆殘燭照啼痕叶深夜不眠聽畫角句人瘦也句比梅花句瘦幾分叶

《九宮大成》入南詞高大石調引。

見《陽春白雪》，原注比世傳本差異而不知名氏。又見《書舟詞》名《攤破江城子》。《詞律》爲康與之作，字句皆大不同。今從《陽春》本。

通首用平韻，換頭處兩疊前尾。蔣捷作與此同。

又一體 八十四字

李獻能

漢宮嬌額倦塗黃韻試新妝叶立昭陽叶萼綠仙姿豆高髻碧羅裳叶翠袖捲紗閒倚竹句暝雲合句瓊枝薦暮涼叶　璧月浮香叶搖玉浪換仄叶春簾瑩綺窗平叶冰肌夜冷句滑無粟豆影轉斜廊平叶冉冉孤鴻豆烟水渺三湘平叶青鳥不來天也老句斷魂些句清霜靜楚江平叶

換頭次句換仄叶。三句五字，兩結各五字，比各家少三字。《詞律》失收此體。「瑩」去聲。

又一體 八十七字

趙汝茪

對花時節不曾忺韻見花殘叶任花殘叶小約簾櫳豆一面受春寒叶題破玉箋雙喜鵲句香燼冷句繞

銀屏句渾是山叶　待眠叶未眠叶事萬千叶也問天叶也恨天叶髻兒半偏叶綉裙兒豆寬了還寬叶

自取紅氈豆重坐暖金船叶惟有月知君去處句今夜月句照秦樓句第幾間叶

《陽春白雪》無名氏，今從《絶妙好詞》。

此與程作同。惟後段第三句、五句俱叶韻。

又一體八十七字　趙與洽

單衾寒引畫龍聲韻雨初晴叶月微明叶竹外溪邊豆低見一枝横叶淡月疏花三四點换仄尚春淺叶仄

早相看句似有情叶平　夜來袖冷换仄叶暗香凝平叶恨半消句酒半醒平叶靚妝照影仄叶未忺整仄叶

雪艷冰清平叶只恐不禁豆愁絶易飄零平叶待得樓頭三弄徹句君試看叶比從前句太瘦生平叶

「點」、「淺」、「看」三字自爲叶，與洪作同。後段平仄互叶，與各家異。又一格也。「看」平聲。

又一體八十七字

贈倪梅村　吴文英

江頭何處帶春歸韻玉川迷叶路東西叶一雁不飛豆雪壓凍雲低叶十里黄昏成晚色句竹根籬叶分

流水句過翠微叶　帶書傍月自鋤畦叶苦吟詩叶生鬢絲叶半黄細雨句翠禽語豆似説相思叶惆悵孤山豆花盡草離離叶半幅寒香家住遠句小簾垂叶玉人誤當句聽馬嘶叶

通體平韻。「籬」字、「垂」字叶韻。後起句平仄不同。「誤」字當斷句，恐係筆誤，非有此體也。「細雨」二字，葉《譜》作「梅子」。

江梅引 八十七字

白樸

一溪流水隔天臺韻小桃栽叶爲誰開叶應念劉郎豆早晚得重來叶翠袖天寒憔悴損句倚修竹句□殘紅句墮緑苔叶　怨極恨極愁更哀叶甚連環句無計解换仄叶百勞分背仄叶燕飛去豆雲樹蒼崖平叶□□千里句何處托幽懷平叶温嶠風流還自許句後期杳句□塵生句玉鏡臺平叶

亦平仄互叶體。换頭句叶平，三四句叶仄韻，差異。兩結句原各空一格，照李獻能作，可作五字句。白與李皆金人，或當時皆用此體。存參。「爲」去聲。

明月引 八十七字　一名西湖明月引

和白雲趙宗薄自度曲

陳允平

雨餘芳草碧蕭蕭韻暗春潮叶蕩雙橈叶紫鳳青鸞豆舊夢帶文簫叶綽約佩環風不定叶雲欲墮句六

銖香句天外飄叶　相思爲誰蘭恨銷叶渺湘魂句無處招叶素紈猶在句真真意豆還倩誰描叶舞鏡空圓豆羞對月明宵叶鏡裡心心心裡月句君去矣句舊東風句新畫橋叶

唐樂府名。琴曲亦有此名

原題曰《明月引·和趙白雲自度曲》。考趙白雲名崇嶓，南宋宗室，在王觀、程垓之後。細校字句無異，何以云自度。惟兩結作平去平，差異。想因舊調變爲新聲，其宫調有不同耳。惜趙詞無考。周密有和詞二首。序云：「趙白雲初賦此詞，以爲自度腔，實即《梅花引》也」。陳允平又一首名，《西湖明月引》。字句悉同，不另録。

《詞律》脱一「心」字遂謂有八十六字體。今從《日湖漁唱》補正。「無」字，葉《譜》作「何」，「圓」字作「懸」。「爲」去聲。

梅花引 八十八字

荆溪阻雪　　蔣　捷

白鷗問我泊孤舟韻是身留叶是心留叶心若留時豆何事鎖眉頭叶風拍小簾燈暈舞句對閒影句冷清清句憶舊游叶　憶舊游叶舊游今在否叶花外樓叶柳下舟叶夢也夢也句夢不到豆寒水空流叶漠漠黄雲豆濕透木棉裘叶都道無人愁似我句今夜雪句有梅花句似我愁叶

《汲古》注：或作《江城梅花引》。

换頭二句，一三、一五字，比各家多一字。三句亦叶韻，「舟」字重叶。

紅芍藥 九十一字

人生百歲句七十稀少韻更除十年孩童小叶又十年昏老叶都來五十載句一半被豆睡魔分了叶那二十五載之中句無些個煩惱叶　仔細思量句好追歡及早叶遇酒逢花堪笑傲叶任玉山傾倒叶對景且沉醉句人生似豆露垂芳草叶幸新來豆有酒如澠句要結千秋歌笑叶

蔣氏《九宮譜目》入南呂調。《九宮大成》入南詞中呂宮正曲，又入北詞南呂調隻曲。與南呂宮正曲不同。此調無他作者，《詞律》失收。

前後第四句是上一下四字句法，七句是上三下四字句法。「二十」之「十」字當略逗，以入作平。

天香 九十六字

霜瓦鴛鴦句風簾翡翠句今年早是寒少韻矮釘明窗句側開朱户句斷莫亂教人到叶重陰未解句雲共雪豆商量不了叶青帳垂氈要密句紅爐放圍宜小叶　呵梅弄妝試巧叶綉羅衣豆瑞雲芝草叶伴我語時同語句笑時同笑叶已被金樽勸倒叶又唱個豆新詞故相惱叶盡道窮冬句原來恁好叶

《詞律》作王充，誤。此調作者極多，以此首爲最先。不知何人始製。

《古今詞話》云：王逐客冬景《天香》詞云云，涪翁見而賞之。且曰：此曲一處所，一物色，無一不是嚴冬蕭索之境。但仔細詳味之，略無半點酸寒憔悴之意。亦善於造語者矣。

「是」、「試」、「勸」、「故」、「恁」五字必去聲，各家皆然。第三句多有用平平仄仄平仄者，或仄平仄平平仄者，可不拘。此詞字句異同最多。「早是寒少」四字，一本作「較是寒早」。「放圍」二字作「圍炭」，《古今詞話》作「錦縫放圍」，《詞律》又少「錦」字，大誤。「伴」字，《詞話》作「共」，《詞律》缺一「時」字。「倒」字，《詞律》作「酒」，失卻一韻，一本缺「個」字，皆誤。「風」字，《詞話》作「珠」，「早」字作「又」，「側」字作「窄」，「斷」字作「切」，「衣」字作「襦」，「又」字作「更」，「盡」字作「儘」。今從《樂府雅詞》本。「早」、「矮」、「側」、「亂」、「未」、「要」、「弄」、「伴」、「語」、「已」、「唱」可平。「重」、「商」、「呵」、「同」可仄。「教」平聲。

又一體九十四字

宴錢塘太守内翰張公作　　毛滂

進止詳華句文章爾雅句金鑾恩異群彦韻塵斷銀臺句天低鰲禁句最是玉皇香案叶燕公視草句星斗動豆昭回雲漢叶對罷宵分句又金蓮豆燭引歸院叶　年來偃藩江畔叶賴湖山豆慰公心眼叶碧瓦千家句借袴襦餘暖叶黃氣珠庭漸滿叶望紅日豆長安殊不遠叶緩轡端門句青春未晚叶

前結一四、一七字。後段第三、四句，一四、一五字，比各家少二字。「江」字，「殊」字用平，不宜從。「異」、「漸」、「未」必用去聲。

慶清朝慢 九十七字 或無慢字

調雨爲酥句催冰做水句化工分付春還韻何人便將輕暖句點破殘寒叶結伴踏青去好句平頭鞋子小雙鸞叶烟郊外句望中秀色句如有無間叶　晴則個句陰則個句便帶得芳心句有許多般叶空教鏤花撥柳句争要先看叶不道吴綾綉襪句香泥斜沁幾行斑叶東風巧句盡收嫩緑句吹上眉端叶

《九宫大成》入北詞仙吕調隻曲。

此調前無作者，亦不知何人創製。李清照一首，於前後第四五句作上四下六，可不拘。「化工」二字，《詞律》作「東君」。「便帶得芳心」句作「飣餖得天氣」。「空」字作「須」，「鏤」字作「撩」，「嫩」字作「翠」，「端」字作「山」。今從《陽春白雪》本。「化」、「點」、「踏」可平。「調」、「分」、「平」、「鞋」、「吴」、「香」可仄。「得」、「教」平聲。

又一體 九十七字

史達祖

墜絮孶萍句狂鞭孕竹句偷移紅紫池亭韻餘花未落句似供殘蝶經營叶賦得送春詩了句夏帷擸斷緑陰成叶桑麻外句乳鳩穉燕句别樣芳情叶　荀令舊香易冷句嘆俊游疏侣句枉自銷凝叶塵侵謝屐句幽徑斑駁苔生叶便覺寸心易老句故人前度漫丁寧叶空相誤句祓蘭曲水句挑菜東城叶

《汲古》名《慶清朝》。

前後第四、五句，上四下六字，换頭作六字句，與王異。《詞律》謂此是正體，較王作易填，殊不可解。又所謂仄聲字與各家不盡合，不必從。「舊」字，葉《譜》作「衣」，「侶」字作「懶」，「自」字作「是」。「易」字，《汲古》作「尚」。「供」去聲。「別」作平聲。

又一體九十七字

木芙蓉　李宏模

碧玉雲深句彤綃霧薄句芳叢亂迷秋渚韻重城傍水句中有吹簫儔侶叶應是瓊樓夜冷句月明誰伴乘鸞女叶仙游處叶翠巒障塵句紅綺隨步叶　別岸玉容佇倚句愛淺抹蜂黃句淡籠紈素叶嬌羞未語句脈脈悲烟泣露叶彩扇何人妙筆句丹青招得花魂住叶歌聲暮叶夢入錦江句香裡歸路叶

此用仄韻，見《陽春白雪》。此體《詞律》未載。「處」字、「暮」字叶韻。「障」字、「綺」字、「錦」字、「裡」字必仄聲。「語」字偶合，非叶。

十月桃九十九字　桃一作梅

東籬菊盡句遍園林敗葉句滿地寒荄韻露井平明句破香籠粉初開叶佳人共喜芳意句呵手翦豆密插鸞釵叶無言有艷句不避繁霜句變作春媒叶　問武陵溪上誰栽叶分付與南園句舞榭歌臺叶恰似凝酥襯玉句點綴裝裁叶東君自是爲主句先暖信豆律管飛灰叶從今雪裡句第一番花句休話

江梅叶

調見《樂府雅詞》。以詞意爲名，自是創製。《梅苑》名《十月梅》。「菊」、「敗」、「滿」、「破」、「喜」、「不」、「變」、「玉」、「點」、「是」、「律」、「第」可平。「香」「籠」「分」、「休」可仄。

又一體九十九字

梅花　張元幹

年華催晚句聽樽前偏唱句衝暖欺寒韻樂府誰知句分付點化金丹叶中原舊游何在句頻入夢豆老眼空潸叶撩人冷蕊句渾似當時句無語低鬟叶　有多情多病文園叶向雪後尋春句醉裡憑闌叶獨步群芳句此花風度天然叶羅浮淡妝素質句呼翠鳳豆飛舞斕斑叶參横月落句留恨醒來句滿地香殘叶

前後第四、五句，上四下六字，六句平仄亦微異。張别作上六下四字，可不拘。「飛」字，葉《譜》作「醉」。「醒」平聲。

十月梅九十八字

無名氏

千林凋盡句一陽未報句已綻南枝韻獨對霜天句冒寒先占花期叶清香映月浮動句臨淺水豆疏影

斜欹叶孤標不似句綠李夭桃句取次成蹊叶　縱壽陽妝臉偏宜叶應未笑豆天然雅態冰肌叶寄語高樓句憑闌羌管休吹叶東君自是爲主句調鼎鼐豆終付他時叶從今點綴句百草千花句須待春歸叶

前段首次句兩四字對起，比王作少一字。餘同。

瀟湘靜 百三字

晝簾微捲句香風逗韻正明月豆乍圓時候叶金盤露冷句玉爐篆燼句漸紅鱗生酒叶嬌唱倚繁弦句瓊枝碎豆輕迴雲袖叶風臺焰短句銅壺漏永句人欲醉豆夜如晝叶　因念流年迅景句被浮名豆暗辜歡偶叶人生大抵句離多會少句更相將白首叶何似猛尋芳句都莫問豆積金過斗叶歌闌宴闋句雲窗風枕句釵橫麝透叶

亦見《樂府雅詞》。

前後第五句是一領四字句，六句是上二下三字，句，勿誤認。「乍」、「露」、「篆」、「焰」、「漏」、「夜」、「迅」、「暗」、「大」、「會」、「宴」、「鳳」、「麝」諸去聲必不可易。「燼」字一本作「消」，「焰」字一作「歌」。「月」、「玉」、「欲」、「白」、「莫」作平。「風」、「因」可仄。「過」去聲。

湘江静 百三字

史達祖

暮草堆青句雲浸浦韻記匆匆豆倦篙曾駐叶漁榔四起句沙鷗未落句怕愁沾詩句叶碧袖一聲歌句石城怨豆西風隨去叶滄波蕩晚句菰蒲弄秋句還重到豆斷魂處叶　酒易醒句思正苦叶想空山豆桂香懸樹叶三年夢冷句孤吟意短句屢烟鐘津鼓叶屐齒厭登臨句移橙後豆幾番涼雨叶潘郎漸老句風流頓減句閑居未賦叶

原名《湘江静》。與前作字句無異，實是一調，只換頭作兩三字句，叶韻差殊。「倦」、「四」、「未」、「蕩」、「弄」、「斷」、「正」、「桂」、「夢」、「意」、「漸」、「頓」、「未」諸去聲字，毫黍不爽，格律謹嚴。惟「秋」字作平，略異。其餘入作平者，兩首比較自明。「暮」字，葉《譜》作「春」，「斷」字作「銷」，皆誤。「碧」、「石」、「屐」作平。「重」、「醒」亦平聲。「秋」宜仄。

高陽臺 百字

紅入桃腮句青回柳眼句韶華已破三分韻人不歸來句空教草怨王孫叶平明幾點催花雨句夢半闌豆欹枕初聞叶問東君句因甚將春句老卻閒人叶　東郊十里香塵滿句旋安排玉勒句整頓雕輪叶趁取芳時句共尋島上紅雲叶朱衣引馬黃金帶句算到頭豆總是虛名叶莫閒愁句一半悲秋句一

半傷春叶

高陽臺調後段起句亦有六字叶韻者，萍注。

高拭詞注商調，《九宮大成》入南詞商調引，與本調正曲不同。見《陽春白雪》。原注一作僧晦。晦字皎如，舊譜俱作皎如。今從《陽春》訂正。「半」字、「到」字必用去聲，勿誤。前後兩三字句必用仄平平。有前不叶後叶者，是偶合，非叶。《草堂》所注句讀大誤，《詞律》已辨明矣，玆不贅論。《詞律》缺「滿」字，以「塵」字爲叶韻，非。餘詳《慶春澤》下。「卻」字，一本作「了」，「滿」字作「軟」，「共」字作「去」。「已」、「破」、「幾」、「老」、「十」、「玉」、「整」、「趁」、「共」、「島」、「引」、「總」、「一」可平。「韶」、「人」、「平」、「欹」、「因」、「東」、「安」、「朱」可仄。「教」平聲。

又一體九十九字

落梅　　吴文英

宮粉雕痕句仙雲墮影句無人野水荒灣韻古石埋香句金沙鎖骨連環叶南樓不恨吹横笛句恨曉風豆千里關山叶半飄零句庭上黄昏句月冷闌干叶　壽陽空理愁鸞叶問誰調玉髓句暗補香瘢叶細雨歸鴻句孤山無限春寒叶離魂難倩招清些句夢縞衣豆解佩溪邊叶最愁人句啼鳥晴明句葉底清圓叶

後起句六字叶韻，比王作少一字。「曉」「縞」用上聲，勿誤。

又一體百字

詠紙被　王沂孫

霜楮刳皮句冰花擘繭句滿腔絮濕湘簾韻抱甕工夫句何須待吐吳蠶叶水香玉色難裁剪句更綉鉗豆茸綫休拈叶伴梅花句暗捲春風句斗帳孤眠叶　篝熏鵲錦熊氈叶一任粉融脂涴句猶怯癡寒叶我睡方濃句笑他欠此情緣叶揉來細軟烘烘暖句儘何妨豆挾纊裝綿叶酒魂醒句半榻梨雲句起坐詩禪叶

後起句六字叶韻，次句亦六字，與吳作異。此體只此一首，《詞律》未收。鮑本《花外集》無「一」字，「起」字一本作「記」。覃咸韻與先寒并叶，不宜從。「綉」去聲，「醒」平聲。「何」宜仄。

又一體百一字

送翠英　蔣捷

燕捲晴絲句蜂粘落絮句天教綰住閒愁韻閑裡清明句匆匆粉澀紅羞叶燈摇縹暈茸窗冷句語未闌豆娥影分收叶好傷情句春也難留叶人也難留叶　芳塵滿目總悠悠叶爲問縈雲佩響句還繞誰樓叶別酒纔斟句從前心事都休叶飛鶯縱有風吹轉句奈舊家豆苑已成秋叶莫思量句楊柳灣西句

且棹吟舟叶

換頭句七字叶韻，次句亦六字，與王觀作異。上「留」字叶韻是偶合。「教」平聲。「未」、「爲」、「舊」用去聲，勿誤。

又一體百字　　張　炎

接葉巢鶯句平波捲絮句斷橋斜日歸船韻能幾番游句看花又是明年叶東風且伴薔薇住句到薔薇豆春已堪憐叶更淒然叶萬緑西泠句一抹荒烟叶　當年叶燕子知何處句但苔深韋曲句草暗斜川叶見説新愁句如今也到鷗邊叶無心再續笙歌夢句掩重門豆淺醉閒眠叶莫開簾叶怕見飛花句怕聽啼鵑叶

此與王觀作同。惟换頭二字，前後段第八句，皆叶韻。「薔」、「重」宜仄。

慶春澤百字　或加慢字

丙子元夕　　劉　鎮

燈火烘春句樓臺浸月句良宵一刻千金韻錦步承蓮句彩雲簇仗難尋叶蓬壺影動星球轉句映兩行豆寶珥瑤簪叶恣嬉游句玉漏聲催句未歇芳心叶　笙歌十里誇張地句記年時行樂句憔悴而

今叶客里情懷句伴人閒笑閒吟叶小桃未盡劉郎老句把相思豆細寫瑶琴叶怕歸來句紅紫欺風句三徑成陰叶

此詞原名《慶春澤》，實與《高陽臺》全合，自是一調。《草堂》以後起六字叶韻爲《高陽臺》。七字不叶爲《慶春澤》，分列兩調，大謬。《詞律》辨之良是。但不立《高陽臺》爲正調，且不知另有無名氏九十八字正調，與此迥不相符，亦一失也。又舊説一名《慶春宮》，蓋因《詞綜》王沂孫詞誤刻調名，訛以傳訛，實非一調。《詞律》亦辨之矣。一字之差，謬以千里，校書固不可不審也。「承」字，《詞律》作「成」，誤。「恣」去聲。「相」宜仄。

翠華引 二十四字

沈括

按舞驪山影裡句回鸞渭水光中韻玉笛一天明月句翠華滿陌春風叶

凡四首，因末句爲名。《填詞名解》以爲《三臺》之别名，非也。故另列。《侯鯖録》云：元豐中，沈存中入翰林爲學士，有《開元樂府》詞云云。裕陵賞愛之。

南浦 百二字

魯逸仲

風悲畫角句聽單于豆三弄落譙門韻投宿駸駸征騎句飛雪滿孤村叶酒市漸闌燈火句正敲窗句亂葉舞紛紛叶送數聲驚雁句乍離烟水句嘹唳度寒雲叶　好在半朧淡月句到如今豆無處不消

魂叶故國梅花歸夢句愁損綠羅裙叶爲問暗香閒艷句也相思豆萬點付啼痕叶算翠屏豆應是兩眉句餘恨倚黃昏叶

唐教坊曲名有《南浦子》。《九宫譜》注黄鐘宫。

此詞頗似《滿庭芳》，但字句不同。用平韻者僅見此首。《圖譜》於後結「眉」字句，《詞律》於「是」字句。愚按：此調多五字句，如仄韻詞多用六字句，體格當如是也。應從《圖譜》，「兩」字以上作平，「歸」字，葉《譜》作「飛」，誤。

又一體百五字　　程垓

金鴨懶熏香句向晚來豆春酲一枕無緒韻濃綠漲瑶窗句東風外豆吹盡亂紅飛絮叶無言佇立句斷腸惟有流鶯語叶碧雲欲暮叶空惆悵豆韶華一時虛度叶　追思舊日心情句記題葉西樓句吹花南浦叶老去覺歡疏句傷春恨豆都付斷雲殘雨叶黄昏院落句問誰猶在憑闌處叶可堪杜宇叶空只解豆聲聲催他春去叶

此用仄韻，與魯作大不相侔，南宋多從此體。程、周詞皆有「南浦」句，與魯同時，不知何人所創。前後結相同。「暮」字、「宇」字叶韻。前結《詞律》於「華」字句，玩通首俱用三字六字句。此調體格當如是，各家皆同。後段第二、三句，史達祖作「怕事隨歌殘，情趁雲冷」，平仄異。「一」、「盡」、「佇」、「老」可平。「金」、「春」、「無」、「題」、「南」可仄。「一」、「只」作平。

又一體百四字　　周邦彦

淺帶一帆風句向晚來豆扁舟穩下南浦韻迢遞阻瀟湘句衡皐迴豆斜艤蕙蘭汀渚叶危檣影裡句斷雲點點遥天暮叶菡萏裡句風偷送豆清香時時微度叶　吾家舊有簪纓句甚頓作天涯句經歲羈旅叶羌管怎知情句烟波上豆黄昏萬斛愁緒叶無言對月句皓彩千里人何處叶恨無鳳翼身句只待而今句飛將歸去叶

此調《清真集》不載。前結「菡萏裡」三字必有脱誤，照程作應落一字。後結「鳳翼身」三字，文意亦不妥，姑爲句讀，惜無方、楊和詞可證。「皓彩」句與程作平仄異，照前段「彩」字當是以上作平。

又一體百五字　　王沂孫

春水

柳下碧粼粼句認麯塵乍生句色嫩於染韻清溜滿銀塘句東風細豆參差縠紋初遍叶别君南浦句翠眉曾照波痕淺叶再來漲緑句迷舊處豆添卻殘紅幾片叶　蒲萄過雨新痕句正拍拍輕鷗句翩翩小燕叶簾影蘸樓陰句芳流去豆應有淚珠千點叶滄浪一舸句斷魂重唱蘋花怨叶採香幽徑句鴛鴦睡豆誰道湔裙人遠叶

前段第二、三句，一五、一四字句，與程作異。兩八句不叶韻，「卻」字、「道」字用仄，亦異。《詞律》謂後段「採香」下是七字句，誤，是未見程作也。各家平仄互異，可不拘。「睡」字一作「暖」，誤。

惜餘春慢百十三字

弄月餘花句團風輕絮句露濕池塘春草韻鶯鶯戀友句燕燕將雛句惆悵睡殘清曉叶還似初相見時句攜手旗亭句酒香梅小叶向登臨長是句傷春滋味句淚彈多少叶　因甚卻豆輕許風流句終非長久句又說分飛煩惱叶羅衣瘦損句綉被香消句那更亂紅如掃叶門外無窮路歧句天若有情句和天須老叶念高唐歸夢句淒涼何處句水流雲繞叶

《碧雞漫志》云：蘭畹曲會，孔寧極之子方平所集。序引稱無爲莫知，非。其自作稱魯逸仲，皆方平隱名，如子虛烏有亡是之類。孔平日自號滍皋漁父，與侄處度齊名，李方叔詩酒侶也。愚按：方平名夷，嘉祐間隱士。此以詞意爲名，字句雖與周、方諸家《選冠子》、《蘇武慢》相同，未必是一調。今分列，說詳《選冠子》下。「見」、「淚」、「路」、「水」四字定用仄聲。

極相思四十九字　　太尉夫人

柳烟霽色方晴韻花露逼金莖叶鞦韆院落句海棠漸老句纔過清明叶　嫩玉腕托香脂臉句相傳

粉豆更與誰情叶秋波綻處句相思淚迸句天阻深誠叶

《九宮大成》入南詞小石調引。一名《相思令》。

彭乘《墨客揮犀》云：仁廟時，皇族中太尉夫人一日入内，再拜告帝曰：臣妾有夫，不幸爲婢妾所惑。帝怒，流婢於千里。夫人亦得罪居瑶華宮，太尉罰俸而不得朝。經歲，方春暮，夫人爲詞曲，名《極相思》或加「令」字。吕渭老、吴文英各一首。换頭句作平仄平平平仄仄，與此異。「霽」、「院」、「海」、「嫩」、「腕」、「托」、「傅」、「粉」、「更」、「綻」可平。「纔」、「脂」、「秋」可仄。「玉」作平。

楚宮春慢百六字 或無慢字

僧揮

輕盈絳雪韻乍團聚同心句千點珠結叶畫館綉幄低飛句融融香徹叶笑裡精神放縱句斷未許豆年華偷歇叶信任芳春句都不管句漸漸南薰句别是一家風月叶　扁舟去後句回望處豆娃宮淒凉凝咽叶月似斷雲零落句深心難説叶不與雕闌寸地句忍覷着豆漂流離缺叶盡日厭厭句總無語句不及高唐句夢裡相逢時節叶

前無作者，《詞律》失收。

「點」字以上作平。「綉」、「放」、「斷」、「寸」四字去聲，勿易。「厭」平聲。

楚宮春 百八字

爲洛花度無射宮　周密

香迎曉白韻看烟佩霞綃句弄妝金谷叶倦倚畫闌句無語情深嬌足叶雲擁瑶房翠暖句綉幕捲豆東風傾國叶半捻愁紅句念舊游句凝佇蘭翹句瑞鸞低舞庭緑叶　猶想沉香亭北叶人醉裡豆芳筆曾題新曲叶自剪露痕句移取春歸華屋叶絲障銀屏静掩句悄未許豆鶯窺蝶宿叶絳蠟良宵句酒半闌句重繞鴛機句醉釅爭妍紅玉叶

原題無射宮，即俗名黄鐘宮。

後起句六字比前多二字。前後第四、五句，上四下六字，可不拘。此詞各刻訛脱甚多，今從《蘋洲漁笛譜》訂正。「白」、「國」、「北」三字借叶，宋人多用之。「白」字，一本作「日」，失韻。「幕」字，《笛譜》作「帳」，「翹」字，《草窗詞》作「橈」，「蝶」字作「燕」。「弄妝」二字，《詞譜》作「姜女」，「暖」字作「幕」，「綉幕」二字作「暖」，「新」字作「私」，「自剪」二字作「輕浥」，「絲」字作「緑」。「畫」、「翠」、「露」、「静」用去聲，勿誤。「蝶」作平。

柳梢青 四十九字　一名雲淡秋空　雨洗元宵　玉水明沙　早春怨

岸草平沙韻吴王故苑句柳裊烟斜叶雨後寒輕句風前香細句春在梨花叶　行人一棹天涯叶酒醒處豆殘陽亂鴉叶門外鞦韆句牆頭紅粉句深院誰家叶

《九宮大成》入南詞雙調正曲。

《詞潔》、《詞品》、《詞綜》皆爲僧揮作，《歷代詩餘》爲秦觀作。查《淮海集》不載，今從《詞潔》諸書。

韓淲詞有「雲淡秋空」句，名《雲淡秋空》。又有「雨洗元宵」句，名《雨洗元宵》。又有「玉水明沙」句，名《玉水明沙》。張雨詞名《早春怨》。

「亂」字必用去聲，各家同，不可移易。「細」字一本作「軟」。「岸」、「故」、「柳」、「雨」、「一」可平。「吴」、「風」、「香」、「春」、「行」、「醒」、「門」、「牆」、「深」可仄。

又一體 四十九字

趙汝愚

水月光中句烟霞影裡句涌出樓臺韻空外笙簫句人間笑語句身在蓬萊叶 天香暗逐風回叶正十里豆荷花盡開叶買個輕舟句山南游遍句山北歸來叶

亦用平韻。首句不起韻。「盡」去聲。

又一體 四十九字 一名隴頭月

吕渭老

遠簾籠月韻誰見南陌句子規啼血叶萸糝菊英句整冠落帽句一時虛設叶 五湖自有深期句曾指定豆燈花細説叶燕子巢空句秋鴻程遠句音書中絶叶

此用仄韻。《古今詞話》：無名氏詞有「隴頭殘月」句，名《隴頭月》。「細」字必去聲。「誰見南陌」句，謝逸作「樽前忍聽」，平仄異，各家多同。「遠」、「子」、「整」、「一」、「五」、「自」、「指」、「燕」可平。「萸」、「秋」、「音」可仄。「陌」、「菊」作平。

又一體四十九字

蔡伸

聯璧尋春名踏青尚憶句年時攜手韻此際重來句可憐還是句年時時候叶陰陰柳下人家句人面桃花似依舊叶但願年年句春風有信句人心長久叶

後段次句，上四下三字句法，與各家異。

又一體四十九字

侯寘

小院輕寒句酒濃香軟句深沉簾幕韻我輩相逢句歡然一笑句春在杯酌叶家山辜負猿鶴叶軒冕意豆秋雲似薄叶我自西風句扁舟歸去句看君寥廓叶

亦用仄韻，後起句叶韻。「似」必用去聲。

又一體四十八字　　張孝祥

碧雲風月無多韻莫被名繮利鎖仄叶白玉爲車句黄金作印句不戀休呵平叶　争如對酒當歌韻人是人非恁麼仄叶年少甘羅句老成吕望句畢竟如何平叶

此平仄互叶體。前後起二句各六字，比各家少一字。「羅」字非叶韻。

詞繫卷十四

宋

醉花陰 五十一字 一名醉春風

舒亶

月幌風簾香一陣韻正千山雪盡叶冷對酒樽傍句無語含情句別是江南信叶　壽陽妝罷人微困叶更玉釵斜襯叶插一枝歸句只恐風流句羞上潘郎鬢叶

《中原音韻》注黃鐘宮，《太平樂府》注中呂宮，《九宮大成》入北詞黃鐘調隻曲。見《梅苑》。兩次句是一領四字句。「插一枝」句上應落一字。舒凡二首，其一少此一句，與後毛作同。楊无咎有二首兩起句平仄異。「月」、「正」、「冷」、「別」、「壽」、「更」、「只」可平。「風」、「無」、「妝」、「羞」可仄。

又一體 四十七字

毛滂

檀板一聲鶯起速韻山影穿疏木叶人在翠陰中句欲覓殘春句春在屏風曲叶　勸君對客杯須

覆叶燈照瀛洲緑叶魄冷魂清句獨引金蓬燭叶

前後段次句是五言詩句。「山影」句平仄與舒異。後段缺第三句，當是脱落。但舒有一首亦如此。

又一體五十二字

重陽　李清照

薄霧濃氛愁永晝韻瑞腦銷金獸叶佳節又重陽句寶枕紗廚句半夜秋初透叶　東籬把酒黄昏後叶有暗香盈袖叶莫道不銷魂句簾捲西風句人比黄花瘦叶

《瑯環記》云：李易安以重陽《醉花陰》詞寄德甫云云。德甫得詞，思欲勝之。廢寢食者三日，得詞十五闋。雜易安詞以示陸德夫。陸吟玩良久曰：「只有莫道不銷魂三句最佳，餘不及也。」前次句與毛同，後次句與舒同。「氛」字一本作「雲」，「寶」字作「玉」，「秋」字作「涼」，「比」字作「似」。

醉春風五十二字　米友仁

一陽來復群陰往韻吾道從今長叶萬事莫關情句月夕風前句依舊須豪放叶　卿雲舒捲浮青嶂叶從古書珍賞叶滿引唱新詞句春意看看句又到梅梢上叶

見鮑刻《知不足齋叢書·陽春集》。

此與《醉花陰》無異，自是一調異名。惟起句平仄異。

散天花 六十字

次師能韻

雲斷長空葉落秋韻寒江烟浪静句月隨舟叶西風偏解送離愁叶聲聲南去雁句下汀洲叶　無奈多情去復留叶驪歌齊唱罷句淚争流叶悠悠别恨幾時休叶不堪殘酒醒句憑危樓叶

唐教坊曲名。《隋書·樂志》云：行曲有《單交路》，舞曲有《散天花》。

《詞譜》云：調近《朝玉階》然换頭句平仄自不同也。《歷代詩餘》謂與《小重山》相近，則换頭句少二字，大相懸殊矣。且《朝玉階》有二體，未可一概論也。

考師能乃宋宗室。題云「次韻」，是師能所製。惜原詞無考。

「斷」字，葉《譜》作「淡」，「葉落」二字作「落葉」，「危」字作「高」。

眼兒媚 四十八字　一名小闌干　秋波媚

王雱

楊柳絲絲弄輕柔韻烟縷織成愁叶海棠未雨句梨花先雪句一半春休叶　而今往事難重省句歸夢繞秦樓叶相思只在句丁香枝上句豆蔻梢頭叶

《九宫大成》入南詞高大石調引，一名《東風寒》。左譽詞有「斜月小闌干」句，名《小闌干》。與《少年游》之别名不同。陸游詞名《秋波媚》。起四字，左譽、陸游皆用平仄平平拗句，與《惜分飛》、《戀綉衾》體同，并非誤导。亦有不拗者。又程垓、葛立方、無名氏各一首，句法不同，皆是《朝中措》誤寫調名，非别體也。故不録。

又一體 四十八字

賀鑄

惜分此去應難遇句直蕭蕭江上荻花秋韻做弄許多愁叶半竿落日句兩行新雁句一葉扁舟叶

待醉時休叶今宵眼底句明朝心上句後日眉頭叶

此起句不用拗體者，宋人中亦有之。

又一體 五十字

曉行

林少瞻

霽霞散曉月猶明韻疏木掛殘星叶山徑人稀句翠蘿深處句啼鳥兩三聲叶霜華重逼雲裘冷句

心共馬蹄輕叶十里青山句一溪流水句都做許多情叶

兩結皆五字，比王作各多一字。

倦尋芳 九十六字

露晞向曉句簾幕風輕句小院閒晝韻翠徑鶯來句驚下亂紅鋪繡叶倚危樓句登高榭句海棠經雨胭脂透叶算韶華豆又因循過了句清明時候叶　倦游宴豆風光滿目句好景良辰句誰共攜手叶恨被榆錢句買斷雨眉長鬥叶憶得高陽人散後叶落花流水仍依舊叶這情懷句對東風豆盡成消瘦叶

原注中吕宮，《九宮大成》入南詞中吕宮正曲，許《譜》同。

《捫虱新語》云：王元澤一生不作小詞，或者笑之，元澤遂作《倦尋芳慢》一首。時服其工，今人多能誦之。然元澤自此亦不復作。

「向」、「院」、「共」三字定去聲，勿誤。「後」字可不叶。「樓」字，《詞譜》作「闌」、「經」字作「着」。「露」、「海」、「滿」、「好」、「買」、「憶」、「落」可平。「簾」、「清」可仄。

又一體 九十七字　或加慢字　　潘元質

獸鐶半掩句鴛甃無塵句庭院瀟灑韻樹色沉沉句春盡燕嬌鶯姹叶夢草池塘青漸滿句海棠軒檻紅相亞叶聽簫聲豆記秦樓夜約句彩鸞齊跨叶　漸迤邐豆更催銀箭句何處貪歡句猶繫驄馬叶旋剪燈兩花句點翠蛾誰畫叶香滅羞回空帳裡句月高猶在重簾下叶恨疏狂句待歸來豆碎挼花打叶

《詞筌》爲蘇庠作。

「夢草」句七字，與後段同，與王作異。各家皆照此填。「香滅」句不叶韻。盧祖皋作，於第三句作「春晴寒淺」，「記秦樓」句作「記寶帳歌慵」，「猶繫」句作「牡丹開遍」，「待歸來」句作「但鎮日」，平仄皆異。「蛾」字，《詞筌》作「眉」，「挼」字作「揉」。「半」、「院」、「繫」必用去聲。「旋」亦用去。

又一體九十七字　　　吴文英

花翁遇舊歡吴門老妓李憐，邀分韻同賦此詞。

墜瓶恨井句塵鏡迷樓句空閉孤燕韻寄别崔徽句清瘦畫圖春面叶不約舟移楊柳繫句有緣人映桃花見叶敘分攜豆悔香瘢謾爇句緑鬢輕剪叶　　聽細語豆琵琶幽怨叶客鬢蒼華句衫袖濕遍叶漸老芙蓉句猶自帶霜重看叶一縷情深朱户掩叶兩痕愁起青山遠叶被西風豆又驚吹句夢雲分散叶

後起句叶韻，六句亦叶。「恨」、「袖」必用去聲。

又一體九十七字　　　張端義

曉聽社句雨猶帶餘寒句尚侵襟袖韻插柳千門句相近禁烟時候叶鬢墜搔頭深舊恨句臂寬條脱添新瘦句捲重簾句看雙飛燕羽句舞庭花晝叶　　誰共語豆春來怕酒叶一段情懷句燈暗更後叶罨畫

屏山句今夜夢魂還又叶愁墨題箋魚浪遠句粉香染淚鮫綃透叶待相逢句想鴛衾豆鳳幃依舊叶

見《陽春白雪》。換頭句叶韻，後六句不叶。「社」、「暗」必用去聲。

選冠子百十三字

詠柳　　張景修

嫩水挼藍句遥堤影翠句半雨半烟橋畔韻鳴禽弄舌句萋草縈心句偏稱謝家池館叶紅粉牆頭步遥句金縷纖柔句舞腰低軟叶被和風豆搭在闌干句終日晝簾高捲叶　春易老豆細葉舒眉句輕花吐絮句漸覺緑陰成幔叶章臺繫馬句灞水維舟句誰念鳳城人遠叶惆悵故國陽關句杯酒飄零句惹人腸斷叶恨青青客舍句江頭風笛句亂雲空晚叶

此調各説不同。舊《草堂》只分《過秦樓》、《惜餘春慢》二調，《嘯餘譜》仍之。沈際飛辨之，合而爲一。《詞律》斷之曰：李甲詞當名《過秦樓》。以其止有一百九字，而平聲迥異，且有此三字在末也。周魯等詞當名曰《惜餘春慢》。吕詞止一百七字當名曰《蘇武慢》。蔡同於周，陸同於魯，則各附之。至《選冠子》之名，則竟以别號置之，庶幾歸於畫一耳。余謂所分調名，類列尚屬允協。惟《選冠子》爲張景修作，乃治平時人，在周、吕諸人之前。謂諸家改易張作調名則可，斷無張襲諸家調名之理。何得以别號置之，獨遺張作，誦詩讀書，不可以不論其世也。今列張景修《選冠子》名，以周侯諸作附之。其餘詳核體製，各調分列訂正。餘詳周邦彦作下。「半」、「萋」、「細」、「漸」、「客」可平。「偏」、「輕」、「章」、「惆」、「杯」、「青」可仄。「稱」去聲。

又一體 百十一字　冠一作官

周邦彥

水浴清蟾句葉喧涼吹句巷陌雨聲初斷韻閒依露井句笑撲流螢句惹破畫羅輕扇叶人靜夜久憑闌句愁不歸眠句立殘更箭叶嘆年華一瞬句人今千里句夢沉書遠叶　空見說豆鬢怯瓊梳句容銷金鏡句漸懶趁時勻染叶梅風地濕句虹雨苔滋句一架舞紅都變叶誰信無聊爲伊句纔減江淹句神傷荀倩叶但明河影下句還看稀星數點叶

此詞《清真集》名《選冠子》注云：或作《惜餘春慢》。方千里和詞結句本六字，與此同。一本改爲八字，與張作同。趙崇嶓和韻，結尾亦八字，與張作同。又名《過秦樓》。此三詞本屬符合，皆因注語參差，以致各說紛紜，迄無定論。或歸并《選冠子》內，或并入《過秦樓》內。以余考之，《選冠子》以張景修爲最先，此詞僅少二字，方、趙和作字句無二，自是一調。而《過秦樓》前後段第四、五、七句皆五字，換頭句一八、一五、一四字，與各家《選冠子》皆不相同，決非一調。且用平韻，以末句爲名，自是李甲創製。後人牽強附會，妄下注語，遂成轇轕。詞中各體傳訛者不少，不可不辨明分列。至《蘇武慢》蔡、呂兩作，當依原名分列，不必再爲牽合。《惜餘春慢》只魯作一首，字句與張作《選冠子》脗合，尚可并一。《過秦樓》名斷不可混。考宣政時競造新聲，人思自效。蔡、呂皆屬同時，定係各人自製，不謀而合，并非彼此沿襲。考論世次，自可辨明。茲譜敘列時代，庶合乎知人論世之旨也。

前後段第七句，結句句法與張作異。後結句六字少二字。「雨」字，《清真集》作「馬」，「濕」字作「溽」，「神」字作「情」，「稀」字作「疏」。今從《汲古》本。「惹」可平，「神」可仄。「吹」、「爲」去聲。

又一體百十一字

無名氏

庚嶺烟光句江南風景句冷落歲寒庭院韻疏林凍折孤根句獨犯曉霜回暖叶萼點胭脂句粉凝芳蘂句依稀幾枝初綻叶上層樓豆月夜憑闌句風送暗香清遠叶　嗟往昔豆漢妃臨鸞句新妝纔飾句艷絶人間金鈿叶東君信息句造化工夫句卻笑衆葩開晚叶若是芳菲迅速句終與和羹句鳳池仙館叶願樓頭豆羌笛休吹句免使爲花腸斷叶

見《梅苑》。前段第四、五句各六字，與各家異。六、七、八句與後段亦不合。後結二句與前段合。「妃」宜仄。「爲」去聲。

又一體百十三字

湖州趙守席上作

侯寘

暗雨收梅句晴波搖柳句萬頃水晶宮冷韻橋森畫棟句岸列紅樓句兩岸翠簾交映叶天上行舟句聯中開户句人在蕊珠仙境叶況吟烟嘯月句彈絲吹竹句太平歌詠叶　人盡説豆銅虎分賢句銀潢儲秀句鞏固行都藩屏叶棠陰散暑句鼎篆凝香句永日一庭虚静叶紅袖持觴句彩箋揮翰句適意酒豪詩俊叶看飛雲丹詔句行沙金勒句待公歸覲叶

前後段第七、八、九句，兩四、一六字，與張作異，餘同。「兩岸」「岸」字與上重，當是「桁」字之訛。

雪花飛 四十二字

黃庭堅

攜手青雲路穩句天聲迤邐傳呼韻袍笏恩章乍賜句春滿皇都叶　何處難忘酒句瓊花照玉壺叶歸裊絲鞘競醉句雪舞郊衢叶

《宋史·樂志》太宗製，高大石角調。愚按：高大石角爲大呂之角聲。

此以詞意爲名，他無作者。

「郊」字，葉《譜》作「街」。

望江東 五十二字

江水西頭隔烟樹韻望不見豆江東路叶思量只有夢來去叶更不怕豆江攔住叶　燈前寫了書無數叶算没個豆人傳與叶直饒尋得雁分付叶又還是豆秋將暮叶

此以次句立名，想是創製。

《草堂詩餘》云：此調用平韻，即《醉紅妝》。愚按：平仄韻異，小令中相仿者甚多，何得牽合。

「隔烟樹」、「夢來去」、「雁分付」皆用去平去，勿誤。

鼓笛令五十五字

賓犀未解心先透韻惱煞人豆遠山微皺叶意淡言疏情最厚叶枉教作豆著行官柳叶　小雨勒花時候叶抱琵琶豆爲誰清瘦叶翡翠金籠思珍偶叶忽拚與豆山鷄僝僽叶

與《鼓笛慢》無涉，故另列。説詳《鼓笛慢》下。

與《步蟾宫》相似。换頭句黄别作七字，因俳體不録。

少年心六十字

對景惹起愁悶韻染相思豆病成方寸叶是阿誰先有意句阿誰薄倖叶陡頓恁豆少喜多嗔换平叶合下休傳音問仄叶你有我豆我無你分仄叶僅合歡桃核句真堪人恨仄叶心兒裡豆有兩個人人平叶

《九宫大成》入北詞小石角隻曲。

調見《山谷詞》。平仄互叶體，他無作者，自是創製。本譜不録俳體，因立調名，不得不存以備格。説見《品令》下。

王敬之曰：「兩」字疑誤多。愚按詞意，「兩」字必不可少。

又一體六十六字　一名添字少年心

心裡人人句暫不見豆霎時難過韻天生你豆要憔悴我叶把心頭豆從前鬼句着手摩挲換平叶抖擻了豆百病銷磨平叶　見説那廝句脾鱉熱大仄叶不成我豆便與拆破仄平待來時豆鬲上與句廝噷則個仄叶温存着豆且教推磨仄叶

《山谷詞》注添字，故一名《添字少年心》。

比前作多六字，亦平仄互叶體。

品令六十六字

茶

鳳舞團團餅韻恨分破豆教孤另叶金渠體净句隻輪謾碾句玉塵光瑩叶湯響松風句早減了豆二分酒病叶　味濃香永叶醉鄉路豆成佳境叶恰如燈下句故人萬里句歸來對影叶口不能言句心下快活自省叶

王行詞注夷則商，《九宫大成》入南詞仙吕宫正曲。

此用去上韻，見《山谷集》，與後秦作不同。《詞律》删去「了」字，誤。此襯字也。「隻」、「二」、「酒」、「故」、「快」、「自」六字宜仄聲。「活」字以入作平。「教」平聲。

又一體六十四字

送黔守曹伯達供備　黃庭堅

敗葉霜天曉韻漸鼓吹豆催行棹叶栽成桃李未開句便解銀章歸□叶去取麒麟圖畫句要及年少叶歡君醉倒叶別語恁豆醒時道叶楚山千里暮雲句鎮鎖離人懷抱叶記取江州司馬句座中最老叶

前後第三、四句各六字，破句也。五、六句，一六、一四字與前異。《汲古》「歸」字下少一字，則「去」字應叶韻。下句不當五字，想「歸」字下落一「早」字，「去」字屬下句讀，與前方合。「麟」字原作「麒」，刻誤，今改正。「未」、「要」、「暮」、「座」皆去聲，勿誤。「吹」亦去聲。「及」、「醒」平聲，「年」宜仄。

又一體五十一字　秦觀

幸自得韻一分索強句教人難吃叶好好地豆惡了十來日叶恰而今豆較些不叶　須管啜持教笑句又也何須肐織叶衡倚賴豆臉兒得人惜叶放軟頑豆道不得叶

此調多作俳詞，故爲當時歌伶語氣。多用入聲韻。本譜不收俳體，然調名不知何人創始，姑録以立調名。作者照填，琢以清辭妙句，未爲不可。其餘辛棄疾、石孝友等作，皆俳體，不録。

此與黃作迥異，又一體也。「衡」音諄，見《西廂》「一團衡是嬌」。「得」字重叶。

又一體五十二字

秦觀

棹又臞韻天然個豆品格於中壓一叶簾兒下豆時把鞋兒踢叶語低低豆笑咭咭叶每每秦樓相見句見了無限憐惜叶人前强豆不欲相沾濕叶把不定豆臉兒赤叶

次句九字，比前作多一字。曹組作同。「濕」字，集作「識」。「壓」、「不」作平。「定」可平。

又一體六十四字

周紫芝

九日寓居招提，旅中不復出。步上西菴絶頂，擷黄菊一枝，淒然有感，復作此詞。

霜蓬零亂韻笑緑鬢豆光陰晚叶紫萸時節句小樓長醉句一川平遠叶休説龍山佳會句此情不淺叶黄花香滿叶記白苧豆吴歌軟叶如今卻向句亂山叢裡句一枝重看叶對着西風搔首句爲誰腸斷叶

此與黄第一首同。惟起句四字少一字，兩結上六下四字與黄第二首同。《詞律》作呂渭老，誤。「萸」字，《汲古》作「茱」，亦非。呂另一首、《梅苑》三首，皆與此同。只兩結作上四下六字，可不拘。「小」、「此」、「亂」、「爲」用仄聲，勿誤。

又一體四十九字　顔博文

夜蕭索韻側耳聽豆清海樓頭吹角叶停歸棹豆不覺重門閉句恨暮潮落叶　偷想紅啼綠怨句道我真個情薄叶紗窗外豆厭厭新月上句應也睡不着叶

此與秦體同。惟前後第三句不叶韻，兩結一四、一五字略異。「恨暮」句應脱一字。「厭」平聲。「不」作平。

喝火令六十五字

見晚情如舊句交疏分已深韻舞時歌處動人心叶烟水數年魂夢句無處可追尋叶　曉夜燈前見句重題漢上襟叶便愁雲雨又難尋叶曉也星稀句曉也月西沉叶曉也雁行低處句不會寄芳音叶

此調前無作者，不解命名之意。《詞律》以後段多九字，疑前有脱落。不知宋元此調甚多，俱作三疊句，且前後段不同者何止一調。以此持論，殊失古人用意之妙。「尋」字重叶。「已」字，葉《譜》作「更」，「便」字亦作「更」。「分」去聲。

逍遥樂九十八字

春意漸歸芳草韻故國佳人句千里信沉音杳叶雨潤烟光句晚景澄明句極目危闌斜照叶夢當年

少叶對尊前豆上客鄒枚句小鬟燕趙叶共舞雪歌塵句醉裡談笑叶　花色枝枝争好叶鬢絲年年漸老叶如今遇風景句空瘦損豆向誰道叶東君幸賜與句天幕翠遮紅繞叶休休醉鄉岐路句華胥蓬島叶

《九宫大成》入南詞商調引，又入北詞商角隻曲。

前無作者，平仄宜遵。「塵」字，葉《譜》作「雲」。

看花回 百一字

茶詞

夜永蘭堂醺餘句半倚頹玉韻爛漫墜鈿墮履句是醉時風景句花暗殘燭叶歡意未闌句舞燕歌珠成斷續叶催茗飲句旋煮寒泉句露井瓶竇響飛瀑叶　纖指緩豆連環動觸叶漸泛起豆滿甌銀粟叶香引春風在手句似粵嶺閩溪句初採盈掬叶暗想當時句探春連雲尋篁竹叶怎歸得豆鬢將老句付與杯中綠叶

《九宫大成》入北詞越角隻曲，琴曲宫聲亦有此弄。

此與柳永六十七字體不同，宜另列。前無作者，不知創自何人。各家俱用入聲韻。

「半」、「墮」、「暗」、「未」、「斷」、「響」、「動」、「採」、「鬢」等字仄聲，勿誤。《詞律》於「泉」字句，與各家不合，宜從。「粵嶺閩溪」四字，一本作「閩嶺越溪」，非。周邦彦一首與此全同，惟起句作「蕙風初散輕暖」，四句作「帶雨態烟痕」，六句作「危絃弄響」。後段六句作「雲飛帝國」，平仄異。前結作一三、一四、一七字，可不拘。「舞」、「井」可平。「春」、「篁」可仄。「旋」去聲。「得」作平。

又一體百一字

詠眼　　周邦彦

秀色芳容明眸句就中奇絶韻細看艷波欲溜句最可惜微重句紅綃輕帖叶勻朱傅粉句幾爲嚴妝時涴睫叶因個甚豆底死嗔人句半晌斜盼費貼燮叶　鬥帳裡豆濃歡意愜叶帶困時豆似開微合叶曾倚高樓望遠句自笑指頻瞤句知他誰説叶那日分飛句淚雨縱横光映頰叶搵香羅豆恐揉損句與他衫袖裛叶

此與黄作同，但平仄差異。《詞律》謂「眸」字是「媚」字之訛，未確。「貼燮」二字，應是「熨貼」之訛。「就」、「欲」、「傅」、「涴」、「費」、「意」、「望」、「映」、「恐」皆仄聲，勿誤。「看」、「爲」去聲。「重」平聲。「瞤」宜平聲。

又一體百一字

和趙智夫韻　　蔡伸

夜久涼生庭院句漏聲頻促韻念昔勝游舊地句對畫閣層巒句雨餘烟簇叶新詩暗藏小字句霜刀刊翠竹叶攜素手豆細繞回塘句芰荷香裡彩鴛宿叶　別後想豆香銷膩玉叶帶圍減豆削寬金粟叶雖

有鱗鴻錦素句奈事與心違句佳期難卜叶擬解愁腸萬結句惟憑樽酒緑叶望天涯豆斷魂處句醉拍闌干曲叶

前後第六、七句作一六、一五字，微異，破句法也。餘同周作。「漏」、「舊」、「暗」、「翠」、「彩」、「膩」、「錦」、「酒」、「斷」諸字用仄聲，勿誤。

又一體百三字

張守生日　趙彥端

注目韻正江湖浩蕩句烟雲離屬叶美人衣蘭佩玉叶淡秋水凝神句陽春翻曲叶烹鮮坐嘯句清净五千言自足叶横劍氣豆南鬥光中句浩然一醉引雙鹿叶　回雁未歸書未續叶夢草處豆舊芳重緑叶誰想瀟湘歲晚句爲喚起長風句吹飛黃鵠叶功名異時句圯上家傳謝寵辱叶待封留豆拜公堂下句授我長生籙叶

首句二字起韻。次句五字，第四句「玉」字叶。换頭句，上四下三字句法。結尾一三、一四、一五字，比各家多一字。「授我」句上，葉《譜》多「願」字。「想」字，《汲古》作「憶」。趙又一首於「功名異時」二句，作上六下五字。「佩」、「坐」、「自」、「引」、「未」、「歲」、「異」、「寵」、「拜」語字用仄，勿誤。「草」、「喚」可平。「一」作平。「衣」「爲」去聲。

又一體百四字

爲壽　　趙彥端

端有恨句留春無計句花飛何速韻檻外青青翠竹叶鎮高節凌雲句清陰常足叶春寒風袂句帶雨穿窗如利鏃叶催處處豆燕巧鶯慵句幾聲鉤輈叫雲木叶　看波面豆垂楊蘸緑叶最好是豆風梳雨沐叶陰重薰簾未捲句正乳泛新芽句香飄清馥叶新詩惠我句開捲醒然欣再讀叶歡詞章豆過人華麗句擲地勝如金玉叶

起句一三、兩四字，結句一三、一四、一六字，與諸家又異。「梳」字，《汲古》作「流」，「乳泛」二字作「泛乳」。「正」字，《詞律》作「且」，皆誤。「新」字缺，據《汲古》補。「翠」、「利」、「叫」、「蘸」、「未」、「再」、「過」諸字用仄，勿誤。

惜餘歡百四字

茶詞

四時美景句正年少賞心句頻啟東閣韻芳酒載盈車句喜朋侶簪盍叶杯觴交飛句勸酬互獻句正酣飲豆醉主公陳榻叶坐來争奈句玉山未頽句興尋巫峽叶　歌闌旋燒絳蠟叶況漏轉銅壺句烟斷香鴨叶猶整醉中花句借纖手重插叶相將扶上句金鞍騕褭句碾春焙豆願少延歡洽叶未須歸去句重

尋艷歌句更留時宴叶

此調無他作者，想因詞意爲名。《詞律》云：「閣」、「合」、「峽」、「蠟」同叶，是江西音也。不知原本「閣」作「閤」，「合」作「盍」，并非誤。《詞律》缺「互」字，「觶」字作「觴」，「燒」字作「繞」，「䁛」字作「腰」，皆沿《汲古》之誤。校讎不精，徒事饒舌。又云：「主公」乃戲場白，是主人之誤。不知「主公」見《漢書》，何必妄改。「喜朋侶」句，「醉主公」句，皆一領四字句法，後段同。「美」、「賞」、「啟」、「侶」、「主」、「手」六字上聲，「未」、「興」、「旋」、「絳」、「斷」、「艷」、「更」七字去聲，宜從。切勿作平。「中」字，葉《譜》作「巾」，誤。「借」字作「倩」。

望春回百二字

李甲

霽霞散曉句射水村漸明句漁火方絕韻灘露夜潮痕句注凍瀨淒咽叶征鴻來時應有信句見疏柳豆更憶伊同折叶異鄉憔悴句那堪更逢句歲窘時節叶　東風暗回暖律句算坼遍江梅句消盡巖雪叶唯有這愁腸句也依舊千結叶私言竊語曾誓約句便眠思豆夢想無休歇叶這些離恨句除非對着句說似明月叶

調見《樂府雅詞》，以换頭句立名。《詞譜》與《惜餘歡》合調，但前後第七句各少一字，不知是一調否，姑類列。《詞律》失收，他無作者。「散」、「漸」、「火」、「瀨」、「有」、「更」、「歲」、「窘」、「暗」、「暖」、「盡」、「舊」、「誓」、「想」、「對」、「說」、「似」等字仄聲，勿忽。各本字多互異。「絕」字一作「滅」，「有信」二字作「附書」，「逢」字作「值」，「窘」字作「窮」，「律」字作「力」，「曾」字作「些」，「便」字作「更」。今擇其善者從之。「應」、「着」平聲。

江亭怨四十六字　一名荊州亭

吴城小龍女

簾捲曲闌獨倚韻江展暮雲無際叶淚眼不曾晴句家在吴頭楚尾叶　數點落花亂委叶撲漉沙鷗驚起叶詩句欲成時句没入蒼烟叢裡叶

《九宫大成》入南詞小石調引。

《花庵詞選》名《清平樂令》，誤。

《詞綜》云：黄魯直登荊州亭，見亭柱間有此詞。夜夢一女子，云有感而作。魯直驚寤曰：「此必吴城小龍女也。」因又名《荊州亭》。見《冷齋夜話》。今考《冷齋夜話》無此語。一説夜夢女子曰：「我家豫章，附客舟至此溺水死，不得歸，故賦此詞。」未知孰是。

「江」字，一本作「山」、「雲」字作「天」，「落」字作「雪」。

風流子百十字　一名内家嬌

張　耒

亭皐木葉下句重陽近豆又是擣衣秋韻奈愁入庾腸句老侵潘鬢句謾簪黄菊句花也應羞叶楚天晚句白蘋烟盡處句紅蓼水邊頭叶芳草有情句夕陽無語句雁横南浦句人倚西樓叶　玉容知安否句香箋共錦字句兩處悠悠叶空恨碧雲離合句青鳥沉浮叶向風前懊惱句芳心一點句寸眉兩葉句禁

甚閒愁叶情到不堪言處句分付東流叶

唐教坊曲名。

此與《風流子》小令不同，故另列。舊説一名《内家嬌》，與柳永《内家嬌》正調不同。

《堯山堂外紀》云：張文潛十七歲作《函關賦》，從東坡游。元祐中在秘閣，上巳日集西池，張詠云：「翠浪有聲黄繖動，春風無力彩旌垂。」少游云：「簾幕千家錦綉垂。」同人笑曰：「又將入小石調也。」因文潛作大石調《風流子》，故云。

調中四字、五字句，作者多用駢語。「庚」、「有」、「碧」、「懊」四字必仄聲。「楚天晚」必仄平仄，間有用仄平平者。換頭句四平，各家多同。亦有用平仄仄平者。「愁入」句有作平平仄仄者，「風前」句有作仄平平平者，「寸眉」句有作仄仄平平者，皆不必從。「寸」字，葉《譜》作「翠」。

楊慎《丹鉛總録》載：「三郎年少客」一首，不著名氏。又稱石已磨爲别刻。今臨潼尚存此碑，署云：近侍副使僕散公嘗作《風流子》長短句，題之於壁，命刻於石。正大三年慕蔺記。（節録）《詞統》選之，強名之曰《驪山石》，更屬杜撰。明人著書，不事考據，即此足徵其謬妄。僕散名汝弼，金人。詞與吴激作同，故不録。

又一體百十字

初春　　秦觀

東風吹碧草句年華換豆行客老滄洲韻見梅吐舊英句柳摇新緑句惱人春色句還上枝頭叶寸心亂句北隨雲黯黯句東逐水悠悠叶斜日半山句暝烟雨岸句數聲横笛句一葉扁舟叶　青門同攜手句

前歡記句渾似夢裡揚州叶誰念斷腸南陌句回首西樓叶算天長地久句有時有盡句奈何綿綿句此恨無休叶擬待倩人說與句生怕伊愁叶

此與張作同。只後起次句一三、一六字句，「奈何」句平仄異。「舊」、「半」、「斷」、「地」用仄聲。「寸心亂」句作仄平仄。「青門同攜」爲四平聲。

又一體 百九字

賀鑄

何處最難忘韻方豪健豆放樂五雲鄉叶彩筆賦詩句禁池芳草句香韉調馬句輦路垂楊叶綺筵上句扇偎歌黛淺句汗裛舞羅香叶蘭燭伴歸句綉輪同載句閒花別館句隔水深坊叶　零落少年場叶琴心漫流怨句帶眼偷長叶無奈占牀燕月句欺鬢吴霜叶念北里音塵句魚封永斷句便橋烟雨句鶴表相望叶好在後庭桃李句應記劉郎叶

首句即起韻，平仄異。「彩筆」上少一字，一本有「記」字。換頭句不用四平，與前兩作異。「羅」字一本作「衣」，「北里」二字作「塞北」或作「北地」。「賦」、「伴」、「占」用去聲。

又一體 百十字

周邦彥

新緑小池塘韻風簾動句碎影舞斜陽叶羨金屋去來句舊時巢燕句土花繚繞句前度莓牆叶綉閣裡句

鳳幃深幾許句聽得理絲簧叶欲説又休句慮乖芳信句未歌先咽句愁轉清觴叶　遥知新妝了句開朱户句應自待月西廂叶最苦夢魂句今宵不到伊行叶問甚時卻與句佳音密耗句寄將秦鏡句偷換韓香叶天便教人句霎時廝見何妨叶

《揮麈録》美成爲溧水令，主簿之姬有色而慧，每出侑酒，美成爲《風流子》以寄意。「新緑」、「待月」皆主簿廳軒名。此亦首句起韻。後段第四、五句、結尾句，皆一四、一六字，與前異。「羨」字一本作「念」，「裡」字缺，「觴」字作「商」，「遥知」二字作「暗想」，「卻」字作「説」，「寄」字作「擬」。「去」、「又」、「夢」、「卻」仄聲。「綉閣裡」仄平仄。「遥知新妝」四平聲。

又一體百十一字　吴激

書劍憶游梁韻當時事豆底處不堪傷叶望蘭楫嫩漪句向吴南浦句杏花微雨句窺宋東牆叶鳳城外句燕隨青步障句絲惹紫游繮叶曲水古今句禁烟前後句暮雲樓閣句春草池塘叶　回首斷人腸叶年芳但如霧句鬢髮已成霜叶獨有蟻樽陶寫句蝶夢悠揚叶聽出塞琵琶句風沙淅瀝句寄書鴻雁句烟月微茫叶不似海門潮信句能到潯陽叶

換頭第二、三句各五字，與各家異。《中州樂府》與《詞綜》不同，今從《詞譜》訂正。「鬢髮」句五字，葉《譜》作「鏡髮成霜」。「獨有」二字作「猶賴」。「嫩」、「古」、「蟻」爲仄聲。「鳳城外」爲仄平仄。

又一體百九字

芍藥　　吴文英

温柔酣紫曲句揚州路句夢繞翠盤龍韻似日長傍枕句墮妝偏鬌句露濃如酒句微醉欹紅叶自別楚嬌天正遠句傾國見吴宫叶銀燭夜闌句暗聞香澤句翠陰秋寂句重返春風叶　芳期嗟輕誤句詑君去句腸斷妾若爲容叶惆悵舞衣疊損句露綺千重叶料綉窗曲理句紅牙拍碎句禁階敲遍句白玉盂空叶猶記弄花相謔句十二闌東叶

前段第八、九句，一七、一五字，與各家異。凡二首相同，并非訛脱。「似日長」句平仄反。「傍」、「夜」、「舞」、「曲」皆仄聲。「芳期嗟輕」爲四平聲。

又一體百九字　　王千秋

同雲垂六幕句啼烏静句風御玉妃寒韻漸聲入釣蓑句色侵書幌句似花如絮句結陣成團叶倦游客句一番詩思苦句無算酒腸寬叶黄竹調悲句綺衾人病句豈堪梅蕊句索笑巡檐叶　一杯知誰勸句空搔首句還是憶舊青氈叶問素娥早晚句光射江干叶待醉披鶴氅句高吟冰柱句剡溪何妨句乘興空還叶只恐櫓聲咿軋句棲鳥難安叶

後段第四句少一字，餘同張作。「釣」、「調」、「素」、「鶴」必用仄聲。「一杯知誰」用平平平平。「倦游客」爲仄平仄。

又一體 百九字

張埜

離思滿春江韻當時事句争忍不思量叶記花徑月斜句凴肩私語句蘭舟風軟句攜手尋芳叶回首處句青山遮望眼句緑柳繫柔腸叶雲落雨零句燕愁鶯恨句寶釵留股句鸞鏡無光叶　天涯飄零客句情緣向何處句最是難忘叶猶剩滿襟清淚句半臂餘香叶心似雨花句一枝寂寞句夢隨風絮句萬里悠揚叶誰信覺來依舊句烟水茫茫叶

「心似」句上少一字，餘同賀作。愚按：以上二首各少一字，或是訛脱，或是襯字，可以增減。萬氏詞無襯字之論，余不謂然。「月」、「雨」、「滿」、「雨」皆仄聲。「天涯飄零」四平聲。「思」去聲。

人月圓 四十八字　一名青衫濕

王詵

小桃枝上春來早句初試薄羅衣韻年年此夜句華燈競處句人月圓時叶　禁街簫鼓句寒輕夜永句纖手同攜叶夜閒人静句千門笑語句聲在簾幃叶

《中原音韻》注黄鐘宫，《九宫大成》入南詞大石調正曲。一名《青衫濕》。又入北詞平調隻曲。

吳激詞有「青衫濕」句，名《青衫濕》。

《西清詩話》云：王晉卿有《人月圓》、《獨影搖紅》、《花發沁園春》諸調。《能改齋漫録》云：李持正《人月圓》詞膾炙人口。近時以爲小王都尉作，非也。愚按：二説未知孰是。但此詞有「人月圓時」句，《西清詩話》亦宋人語，當從之。

「來早」二字，《詞林紀事》作「風早」，「此夜」二字作「樂事」，「同攜」二字作「重攜」，「夜閒人靜」四字作「更闌人散」。「小」、「此」、「禁」、「夜」可平。「枝」、「初」、「年」、「人」、「纖」、「人」、「聲」可仄。

又一體四十八字　　楊无咎

風和日薄餘烟嫩句側側透鮫綃韻相逢且喜句人圓玳席句月滿丹霄叶　爛游勝賞句高低燈火句鼎沸笙簫叶一年三百六十日句願長似今宵叶

結處一七、一五字，此破句法也。說見《訴衷情》下。「六」、「十」二字皆以入作平。

又一體四十八字　　楊无咎

月華燈影光相射韻還是元宵也叶綺羅如畫叶笙歌遞響句無限風雅叶　鬧蛾斜插句輕衫乍試句閒趁尖耍叶百年三萬六千夜叶願長如今夜叶

此用仄韻，句法同前作。首句起韻，第三句、後段第四句皆叶韻。《詞律》失注。

憶故人 五十字　一名燭影搖紅　歸去曲

燭影搖紅句向夜闌句乍酒醒豆心情懶韻樽前誰爲唱陽關句離恨天涯遠叶　無奈雲沉雨散叶憑闌干豆東風淚眼叶海棠開後句燕子來時句黃昏庭院叶

毛滂詞有「送君歸去添淒斷」句，名《歸去曲》。

《能改齋漫録》云：王都尉詵有《憶故人》詞，徽宗喜其詞意，猶以不豐容宛轉爲憾。翕大晟府別撰新腔。周美成增益其詞，而以首句爲名，謂之《燭影搖紅》云。

「雨」字、「淚」字宜仄聲，各家同。「爲」去聲。

燭影搖紅 四十八字

賀鑄

波影翻簾句淚痕凝燭青山館韻離魂千里念佳期句襟佩如相款叶　惆悵更長夢短叶但衾枕豆餘香剩暖叶半窗斜月句照人腸斷句啼烏不管叶

此詞以王作首句爲名，然次句七字，比王作少二字，大有分別。作者不得以此體名《憶故人》也。

「照人」句，平仄與王作異。毛滂用「瘦石寒泉」及「蝶子相迎」句，與周作雙疊正合。「斷」字偶合，非叶韻。

「夢」、「剩」去聲。

松窗午夢初覺　毛滂

又一體 四十八字

一畝清陰句半天瀟灑松窗午韻牀頭秋色句小屏山碧句長垂烟縷叶　枕畔風搖緑户叶唤人醒豆不教夢去叶可憐恰到句瘦石寒泉句冷雲出處叶

前結四字三句，與前兩作異。亦破句也。「緑」入聲，「醒」上聲，「教」平聲。

燭影摇紅 九十六字　一名秋色橫空　玉耳墜金環　玉珥度金環

周邦彦

香臉輕匀句黛眉巧畫宮妝淺韻風流天付與精神句全在嬌波轉叶早是縈心可慣叶更那堪豆頻頻顧盼叶幾回得見句見了還休句爭如不見叶　燭影摇紅句夜闌飲散春宵短叶當時誰解唱陽關句離恨天涯遠叶無奈雲收雨散叶憑闌干豆東風淚眼叶海棠開後句燕子來時句黃昏庭院叶

《九宮大成》入南詞大石調引，許《譜》同。

元好問詞名《秋色橫空》與白樸正調不同，趙雍詞名《玉耳墜金環》，一作《玉珥度金環》。

此即王詞加前疊，而體格與賀作同。《草堂》爲王詵作，誤。「巧」、「那」、「幾」、「得」、「燭」、「飲」、「憑」、「燕」可平。

「風」、「當」、「無」、「雲」、「干」、「黄」可仄。「顧」、「雨」、「淚」必用仄。「不」作平。

又一體 九十七字　　無名氏

點點飛香句見梅知道春心透韻怕寒不捲玉樓簾句羞與花同瘦叶手捻青枝頻嗅叶誚冷落豆薔薇金斗叶翻驚緑鬢句不似芳姿句年年依舊叶　　纔被凝酥句滿園桃李看看又叶江南幽夢了無痕句啼暈殘襟袖叶鴛被有誰温繡叶初怎敢豆更十分殢酒叶伴君獨自句幾個黄昏句月明時候叶

見《梅苑》。後段第六句八字，比周作多一字。或「初」字是誤多耳。「金」宜仄。「殢」用仄。

又一體 七十一字　　邱氏

緑静波光句淺寒先到芙蓉島韻謝池幽夢屬才郎句幾度生春草叶恨鎖横波句遠山淺黛無人埽叶
湘江人去句嘆無依豆此意從誰表叶喜趁良宵月皎叶況難逢豆人間兩好叶莫辭沉醉句醉入屏山句只愁天曉叶

《樂府紀聞》云：舒信道中丞宅在明州，子弟群處。有一舒於燈下，忽見女子，自稱邱氏。舉手代拍，歌《燭影搖紅》一解，遂相從月餘。家人以爲祟，廷法士治之，則一池中物也。

比周作缺前段第五、六句十三字，後段次三句十四字。又多「嘆無依」三字，與各家不同。「月」入聲。「兩」上聲。

撼庭竹 七十二字

綽略青梅弄春色韻真艷態堪惜叶經年費盡東君力叶有情先到探春客叶無語泣寒香句時暗度瑶席叶　月下風前空悵望句思攜手同摘叶畫闌倚遍無消息叶佳辰樂事再難得叶還是夕陽天句空暮雲凝碧叶

「弄」、「態」、「探」、「暗」、「手」、「再」、「暮」七字必仄聲。兩次句、兩結句，俱一領四句法，勿誤。

又一體 七十二字

黄庭堅

宰太和日，吉州城外作。

嗚咽南樓吹落梅韻聞鴉樹驚飛叶夢中相見不多時叶隔城今夜也應知叶坐久水空碧句山月影沉西叶　買個宅兒住着伊叶剛不肯相隨叶如今卻被天嗔你仄叶永落鷄群受鷄欺叶空恁惡憐惜句風日損花枝平叶

通用平韻，後段三句換仄叶，亦平仄互叶體。換頭句叶韻。兩結句法異。《詞律》謂「你」字以上叶平，是。若謂兩第五句是叶，北宋時尚無四聲并叶之格，大非。「惜」字，《汲古》、《詞律》作「伊」，與上重，誤。今從《詞譜》。

花發沁園春 百五字

帝裡春歸句早先妝點句皇家池館園林韻雛鶯未遷句燕子乍歸句時節戲弄晴陰叶瓊樓珠閣句恰正在豆柳曲花心叶翠袖艷裝句憑闌干句慣聞絃管新音叶　此際相攜宴賞句縱行樂隨處句芳樹遥岑叶桃腮杏臉句嫩英細葉句千枝綠淺紅深叶輕風煦日句泛暗香豆長滿衣襟叶洞户醉歸句放笙歌句晚來雲海沉沉叶

《西清詩話》云：晉卿有《人月圓》、《燭影搖紅》、《花發沁園春》諸調。愚按：據此是王詵創製，與《沁園春》迥別。《詞律》附列一處，誤。至調名《花發沁園春》當是《花發狀元紅》與《沁園春》合成。然字句大殊，或用其宫調耶，不敢強爲之説。

「未」、「笙」、「宴」、「樂」、「處」、「杏」、「細」七字宜仄聲。「翠袖艷妝」、「洞户醉歸」，用去去去平，須着意。「桃腮」二句與前段平仄異。

又一體 百五字

呈史滄洲　劉子寰

換譜伊涼句選歌燕趙句一番樂事重起韻花新笑靨句柳軟纖腰句濟楚衆芳圍裡叶年年佳會叶長

是傍豆清明天氣叶正魏紫衣染天香句蜀紅妝破春睡叶　一簇猩紅鳳翠叶遍東園西城句點檢芳事叶鈴齋吏散句畫館人稀句幾闋管絃清脆叶人生適意叶流轉共豆風光游戲叶到遇景取次成歡句怎教良夜休醉叶

葉《譜》作劉子寰字圻父，俟考。

此用仄韻。「會意」二字叶韻。兩結二句用一領兩六字句法，與前異。「東園西城」四字平聲，「樂事」二字仄聲，「鳳翠」二字去聲，「點檢」二字上聲，勿誤。「濟」字《詞律》作「齊」，「芳事」二字作「芳字」，「鈴」字作「銓」，均誤。今改正。「新」字一本作「迎」，「紅妝」二字作「妝紅」，「猩紅」二字作「猩羅」亦誤。今從《詞律》。

落梅 百七字　或加慢字

壽陽妝晚句慵勻素臉句今宵醉痕堪惜韻前村雪裡句幾枝初綻句正水姿仙格叶忍被東風句亂飄滿地句殘英堆積叶可堪江上句起離愁豆憑誰説寄句腸斷未歸客叶　流恨聲傳羌笛叶感行人豆水亭山驛叶越溪信阻句仙鄉路杳句但風流塵迹叶香艷濃時句未多吟賞句已成輕擲叶願身長健句且憑闌句明年還放春消息叶

此詠本意，見《梅苑》。原調作《落梅風》，誤，今從《花草粹編》本。《詞律》失收。

此調皆用入聲韻。「未」、「放」二字宜去聲。前六、後五句是一領四字句，勿誤。一本無「正」字。「忍」字作「免」。「今」字，《梅苑》作「經」，「未多」二字作「東君」，俱誤。今訂正。

落梅慢 百六字

無名氏

帶烟和雪句繁枝淡濘句誰將粉融酥滴韻疏枝冷蕊句壓群芳句年年常占春色叶江路溪橋漫倒句裊裊風中無力叶暗香浮動冰姿句明月裡句想無花豆比高格叶　争奈光陰瞬息叶動幽怨豆潛生羌笛叶新花鬥巧句有天然閒態句倚闌堪惜叶零亂殘英片片句飛上舞筵歌席叶斷腸忍淚句念前期經歲句還有芳容隔叶

亦見《梅苑》。前段第四、五句，一七、一六字，兩六、七句各六字，前結一六、一三、一六字，後段四、五句，一四、一五字，後結兩五字句。「經歲」「歲」字仄聲，皆與前異。《梅苑》缺「暗」字，據《歷代詩餘》補。「比」、「有」上聲。

並蒂芙蓉 九十八字

晁端禮

太液波澄句向聯中照影句芙蓉同蒂韻千柄緑荷深句並丹臉争媚叶天心眷臨聖日句殿宇分明獻嘉瑞叶弄香嗅蕊叶願君王豆壽與南山齊比叶　池邊屢回翠輦句擁群仙醉賞句憑闌凝思叶萼緑攬飛瓊句共波上游戲叶西風又看露下句更結雙雙新蓮子豆鬥妝競美叶問鴛鴦豆向誰留意叶

《能改齋漫録》云：政和癸巳，大晟樂成。蔡京以晁端禮薦，詔乘馹赴闕。端禮至都，會禁中嘉蓮生。分苞合趺，夐出天造，人意有不能形容者。次膺效樂府體屬辭以進，名《并蒂芙蓉》。上覽之稱善，除大晟樂府協律郎，不克受而卒。

前後第五句是一領四句法。「臉媚」、「上歲」用上去聲，「弄香嗅蕊」、「鬥妝競美」用去平去上聲，必不可易。「看」用平聲。

黃河清慢 九十八字

晴景初昇風細細韻雲收天淡如洗叶望外鳳凰城闕句葱葱佳氣叶朝罷香烟滿袖句侍臣報豆天顔有喜叶夜來連得封章句奏大河豆徹底清泚叶　君王壽與天齊句馨香動豆上穹頻降祥瑞叶大晟奏功句六樂初調宮徵叶合殿薰風乍轉句萬花發豆千官盡醉叶内家傳詔句重開宴豆未央宮裡叶

《九宫大成》入南詞黄鐘宫正曲。

《鐵圍山叢談》云：晁次膺先在韓師樸丞相坐上作聽琵琶詞，爲世所重。又有一曲曰：「深院鎖春風，悄無人、桃李自笑」。亦歌之，遂入大晟。時燕樂新成，八音告備，有曲名《黄河清》，音調極韶美。次膺作一詞云云。時天下無間，遐邇小大，雖偉男髫女，皆争唱之。

此調《詞律》未收，足見遺漏不少。前三、四句，上六下四，後三、四句，上四下六字，可不拘。「淡」字、「降」字用去聲。「望外鳳凰」、「大晟奏功」，用去去去平，均不可易。一本無「奏」字，誤。「宫」字，《詞譜》作「角」，「發」字作「覆」。

無悶 百字

雪　　丁注

風急還收句雲凍又開句海闊無人剪水韻算六出工夫句怎教容易叶剛被郢歌楚舞句鎮獨向豆尊前誇輕細叶想謝庭詩詠句梁園賦賞句未成歡計叶　天意叶是則是叶便下得句控持柳梢梅蕊叶又争奈看看句漸回春意叶好趁東君未覺句預先把豆園林先妝綴叶看是處豆玉樹瓊枝句勝卻萬紅千翠叶

見《陽春白雪》。原作丁葆光。考葆光名注，知永州，有《丁永州集》。《泊宅編》稱丁葆光名經，或繫寫訛。又「剪」、「怎」、「賦」、「來」、「控」、「漸」、「萬」等字必去聲。前後第七句，宜仄仄仄平平平仄，各家體格皆如此，不可移易。「郢」、「楚」、「柳」、「好」、「未」、「看」、「玉」可平。「剛」、「先」仄聲。「又」、「剪」、「怎」、「賦」、「未」、「控」、「漸」、「預」、「萬」必用仄聲。「教」、「看」平聲。

又一體 九十九字

程垓

天與多才句不合更與句殢柳憐花情分韻甚總爲才情句惱人方寸叶早是春殘花褪叶也不料豆一春都成病句自失笑豆因甚腰圍半減句淚珠頻搵叶　難省叶也怨天句也自恨叶怎免千般思忖叶倩人說與句又卻不忍叶拚了一生愁悶叶又只恐豆愁多無人問叶到這裡豆天也憐人句看他穩也

不穩叶

原集名《閨怨無悶》，吴作名《催雪》。惟張炎《山中白雲詞》只《無悶》二字，與丁作同。是《閨怨》、《催雪》皆是題目，此連寫之誤。如《芳草·鳳蕭吟》之類，詞中比比皆然。

前結一三、一六、一四字，可不拘。前後兩六句叶韻，後段次句不叶，三句叶。五句四字，比丁作少一字。「因甚」「甚」字，《選聲》注叶，大謬。前後第七句平仄與丁作同。「更」、「惱」、「半」、「淚」、「怎」、「又」、「穩」用仄聲。「不」、「與」、「卻」、「一」、「也」等字作平。

《詞律》謂因俳體，平仄難學。不知篇中多以上入作平，細按之，與丁、吴諸家吻合。萬氏未嘗校對，致滋疑竇。

又一體九十九字

催雪　　吴文英

霓節飛璚句鸞駕弄玉句杳隔平雲弱水韻倩皓鶴傳書句衛姨呼起叶莫待粉河凝曉句趁夜月豆瑤笙飛環佩叶蹇驢吟影句茶烟竈冷句酒亭門閉叶　歌麗叶泛碧蟻叶放綉箔半鉤句寶臺臨砌叶要須借東君句灞陵春意叶曉夢先迷楚蝶句早風戾豆重寒侵羅被叶還怕掩豆深院梨花句又作故人清淚叶

原集調名《催雪》，應是題目，脱落調名。或引蔣捷詞「這催雪曲兒休唱」句，及張翥詞「催雪新詞未穩」句爲證，但蔣作《寶鼎現》詞亦有「倚窗猶唱，夕陽西下」句，然則「夕陽西下」亦得謂爲調名乎？

此與丁作同，惟前結四字三句，少一字，異。「玉」字、「碧」字以入作平，王沂孫、張炎作皆用平。

萬年歡九十八字　或加慢字

梅　王安禮

雅出群芳韻佔春前信息句臘後風光叶野岸郵亭句繁似萬點輕霜叶清淺溪流倒影句更黯淡豆月色籠香叶渾疑是豆姑射冰姿句壽陽粉面初妝叶　多情對景易感句況淮天庾嶺句迢遞相望叶愁聽龍吟句淒絶畫角悲涼叶念昔因誰醉賞句向此際豆空惱危腸叶終須待結實句恁時佳味堪嘗叶

唐教坊曲名。《宋史·樂志》中吕宫正曲名，太宗製。《元史·樂志》舞隊曲，《九宫大成》入北詞中吕調。許《譜》同。《玉音問答》云：隆興元年五月十三日晚，胡銓侍上於内殿之秘閣。上命潘妃執玉荷杯，唱《萬年歡》。此詞乃仁廟所製。（節録）《高麗史·樂志》名《萬年歡慢》。

此調與《慶春澤》相近。「倒」、「易」、「醉」三字必用去聲，各家同。「結實」下，照各家應落二字，當是「和羹」二字。「龍」字，《梅苑》作「清」。「萬」、「黯」、「淡」、「月」、「粉」、「庾」、「畫」、「念」、「此」、「際」、「結」可平。「春」、「清」、「姑」、「迢」、「愁」可仄。

又一體百二字　賀　鑄

淑質柔情句靚妝艷笑句未容桃李爭妍韻紅粉牆東句曾記窺宋三年叶不分雲朝雨暮句向西樓豆

南館留連叶何嘗信豆美景良辰句賞心樂事難全叶　青門解袂句畫樓回首句初沉漢佩句永斷湘絃叶漫寫濃愁幽恨句封寄魚箋叶擬話當時舊好句問同誰豆與醉樽前叶除非是豆明月清風句向人今夜依然叶

前起三句，兩四、一六字，後起四句皆四字，與王作異。四、五兩句，前上四下六，後上六下四字，可不拘。「與」字，葉《譜》作「共」。「雨」、「晝」、「舊」必用仄聲。「分」去聲。「樂」作平。

又一體 百一字　　趙師俠

電繞神樞句虹流華渚句誕彌良用佳辰韻萬寓謳歌歸舞句寶歷增新叶四七年間盛事句皇威暢豆邊鄙無塵叶仁恩被豆華夏咸安句太平極治歡聲叶　重華道隆德茂句亘古今稀有句揖遜重聞叶聖子三宮歡聚句兩世慈親叶幸際千秋聖旦句沾鎬宴豆普率維均叶封人祝豆億萬斯年句壽皇樽并高真叶

前起同賀作，後起同王作。「聲」字庚青韻，不應雜入真文韻，不可從。「盛」、「德」、「聖」必用仄聲。

又一體 百字　　無名氏

禁籞初晴韻見萬年枝上句巧囀鶯聲叶藻棟連雲句苹曦高照檐楹叶好是簾開麗景句裊金爐豆香

暖烟輕叶傳呼道豆天蹕來臨句兩行拱引簪纓叶　看看筵敞三清叶洞寶玉杯中句滿酌犀觥叶爛漫芳葩句斜簪慶快春晴叶更有簫韶九奏句簇魚龍豆百戲俱呈叶吾皇願豆永保洪圖句四方長樂昇平叶

此調見《高麗史・樂志》，不著撰人名氏。與王作同。只換頭句叶韻，平仄亦異。後結多二字，可證王詞脫誤也。「春晴」「晴」字重叶。《碎金譜》作「春情」。「洞」字必是「向」字之訛，傳寫錯誤。「麗」、「九」必用仄聲。

又一體 九十九字

晁補之

心憶春歸句似佳人未來句香徑無迹韻雪裡江梅句因甚早知消息叶百卉芳心正寂叶夜不寐豆幽姿脈脈叶圖清曉句先作宮妝句似防人見偷得叶　真香媚情動魄叶算當時壽陽句無此標格叶應寄揚州句何郎舊曾相識叶花似何郎鬢白叶恐花笑豆逢花羞摘叶那堪羌笛驚心句也隨繁杏拋擲叶

此用仄叶，兩六句皆叶。「那堪」下少一字。晁共三首，斷無此首獨少一字之理，必是脫誤。《梅苑》有「愁」字，葉《譜》有「聽」字。「未」、「徑」、「正」、「見」、「動」、「此」、「鬢」、「杏」等字必去聲，勿誤。「心憶春歸」四字，《汲古》作「春憶心歸」，誤。「消息」二字，《梅苑》作「春色」，「芳心」二字作「群芳」，「寄」字作「記」。至「得」字作「摘」，重叶。「情動魄」三字作「動清魂」，皆誤。「時」字，葉《譜》作「日」，「花笑」二字作「多笑」，「笛」字作「管」。今從《汲古》。「不」、「寐」、「笑」可平。「清」、「郎」、「花」可仄。

又一體百字

寄韻次膺叔　晁補之

十里環溪句記當年并游句依舊風景句彩舫紅妝句重泛九秋清鏡叶莫嘆歌臺蔓草句喜相逢豆歡情猶勝叶蘋洲畔豆橫玉驚鸞句半天雲正愁凝叶　中秋醉魂未醒叶又佳辰授衣句良會堪更叶早歲功名句豪氣尚凌汝潁叶能致黃金一井叶也莫負豆鴟夷高興叶別有個豆瀟灑田園句醉鄉天地同永叶

「別有」句七字，比前作多一字，與賀作正合。「草」字不叶，「井」字叶。「并」、「舊」、「蔓」、「正」、「未」、「授」、「會」、「一」、「地」必用仄，勿誤。

又一體百字

次韻和季良　晁補之

憶昔論心句盡青雲少年句燕趙豪俊韻二十南游句曾上會稽千仞叶振袂江中往歲句有騷人豆蘭蓀遺韻叶嗟管鮑豆當日貧交句半成翻手難信叶　君如未遇元禮句肯抽身盛時句尋我幽隱叶此事談何容易句驥纔方騁句綠舫紅妝圍定叶笑西風豆黃花斑鬢叶君欲問叶投老生涯句醉鄉歧路

偏近叶

換頭句不叶，平仄亦異。「定」字、「問」字皆叶韻，餘同。「少」、「趙」、「往」、「手」、「盛」、「我」、「路」等字必用仄。

又一體 百字

胡浩然

燈月交光句漸輕風布暖句先到南國韻羅綺嬌容句十里絳紗籠燭叶花艷驚郎醉目叶有多少豆佳人如玉叶春衫袂豆整整齊齊句內家新樣妝束叶　歡情更闌未足叶謾勾牽舊恨句縈亂心曲叶悵望歸期句應是紫姑頻卜叶暗想雙眉對蹙叶斷絃待豆鸞膠重續叶休迷戀豆野草閒花句鳳簫人在金谷叶

前後兩次句仄字住，平仄與前作異。第六句俱叶。「布」、「到」、「醉」、「樣」、「未」、「舊」、「亂」、「對」、「在」等字必用仄，勿誤。

又一體 百字

無名氏

天氣嚴凝句乍寒梅數枝句嶺上開拆韻傅粉凝脂句疑是素娥妝飾叶先報陽和信息叶更雪月豆交光一色叶因追念豆往日歡游句共君攜手同摘叶　別來又經歲隔叶奈高樓夢斷句無計尋覓叶

冷艷寒容句啼雨恨烟愁濕叶似向人前淚滴叶怎不使豆伊家思憶叶惟只恐豆寂寞空枝句又隨昨夜羌笛叶

見《梅苑》。與晁第一首同，第六句皆叶。結處比晁多一字，與各家同。「飾」字一本作「拭」，誤。「伊家」二字作「當窗」、「惟」字作「還」。「數」、「上」、「信」、「手」、「歲」、「夢」、「計」、「淚」、「夜」等字俱用仄。「一」作平。

又一體百字　史達祖

兩袖梅風句謝橋邊句岸痕猶帶陰雪韻過了匆匆燈市句草根青發叶燕子春愁未醒句誤幾處豆芳音遼絶叶烟溪上豆採緑人歸句定應愁沁花骨叶　非干厚情易歇叶奈燕臺句老句難道離別叶小徑吹衣句曾記故里風物叶多少驚心舊事句第一是豆侵階羅襪叶如今但豆柳髮晞春叶夜來和露梳月叶

前後第六句皆不叶韻。次句於三字讀，可不拘。「岸」、「帶」、「未」、「沁」、「易」、「句」、「道」、「舊」、「露」等字必用仄。「里」作平。

又一體百字　趙孟頫

天上春來韻正陽和布澤句鬥柄初回叶一朵祥雲捧日句萬象生輝叶帝德光昭四表句玉帛盡豆梯

航來會換仄叶彤庭敞豆花覆千官句紫霄鴛鴦徘徊平叶　仁風遍滿九垓平叶望霓旌綏引句寶扇齊開平叶喜動龍顏和氣句藹然交泰仄叶九奏簫韶舜樂句獸樽舉豆麒麟香靉仄叶從今數豆億萬斯年句聖主福如天大仄叶

此平仄互叶體，《詞律》失收。句法與無名氏平韻詞同，句中平仄微異。「天大」二字，一本作「大大」，誤。「布」、「四」、「綏」、「舜」必用仄。

滿朝歡 百字

壽韓尚書出守　李劉

一點箕星句近天邊光彩句輝映南極韻竹馬兒童句盡道使君生日叶原是鳳池仙客叶曾曳履豆持荷簪筆叶稱觴處句晚節花香句月周猶待五夕叶　誰道久拘禁掖叶任雙旌五馬句暫從游逸叶九棘三槐句都是等閒親植叶見說玉皇側席叶但早晚豆促歸調燮叶功成了句笑傲南山句壽如南山松柏叶

此調名《滿朝歡》，與胡作全合，實《萬年歡》之別名。與柳永《滿朝歡》正調不同。想因「萬年」二字，不合施之臣僚，故易其名耳。各譜皆以爲《滿朝歡》之又一體。《詞律》未載。細加校勘，剖析始明。若不亟爲厘正，必致合爲一調。聚訟紛紜，又增一重公案矣。調名之糾纏錯雜皆由於此。本譜于源流分合最爲着意，庶免轇轕。「映」、「待」、「禁」、「五」等字必用仄，勿誤。

瀟湘逢故人慢百四字　逢一作憶

初夏

薰風微動句方榴花弄色句萱草成窩韻翠幃敞句輕羅試句冰簟初展句幾尺湘波叶疏簾廣廈句稱瀟湘豆一枕南柯叶引多少豆夢魂歸緒句洞庭雨棹烟蓑叶　驚回處豆閒晝永句更時時豆燕雛鶯友相過叶正綠影婆娑叶況庭有幽花句池有新荷叶青梅煮酒句幸隨分豆贏取高歌叶功名事豆到頭終在句歲華忍負清和叶

此以第八句爲名，前無作者，只錢應金一首可證。「翠幃」下六字，錢作「擎紫蟹，蒸黃雀」兩三字句。玩文意亦當如此。《詞律》於「羅」字句，注叶。照後段原可如此斷句，但以「幃」字爲「帳」字之訛，「綠」字入作平，則大謬不然矣。所注可平可仄，亦不必從。「榴花」二字，《樂府雅詞》作「櫻桃」，「稱」字作「寄」，「魂」字作「中」，「更」字作「但」，「取」字作「得」。「幃」、「終」可仄，「稱」去聲。（女鬼）

又一體百四字　王秋英

春光將暮韻見嫩柳拖烟句嬌花帶霧叶頃刻間風雨叶把堂上深恩句閨中遺事備叶鑽火留餳句都付卻豆落花飛絮叶又何心句挈罍提壺句鬥草踏青載路叶　子規啼句蝴蝶舞叶遍南北山頭句紙灰綠酹叶奠一丘黃土叶嗟海角飄零句湘陰淒楚叶無主泉扃句也能得豆有情鷄黍叶畫角聲句吹落梅

花句又帶離愁歸去叶

《詞統》云：嘉靖甲子，福清韓夢雲過石湖山前，見遺骸惻然掩之。夜中夢一麗人，自稱王秋英字淡容，元季兵不辱而死。感君掩骨恩，願偕伉儷。明年上巳，夢雲攜鷄酒奠其墓而哭之。秋英出見，歌所製《瀟湘逢故人慢》一闋，遂與夢雲同歸。

此用仄韻，字句與王作同，他無作者。紀事雖在明時，究是元人。故甄録。「間」去聲。

蠟梅香百字

吴師孟

錦里陽和句看萬木凋時句早梅獨秀韻珍館瓊樓畔句正絳跗初吐句穠華將茂叶國艷天葩句真淡濘豆雪肌清瘦叶似廣寒宮句鉛華未御句自然妝就叶　凝睇倚朱闌句噴清香暗度句易襲襟袖叶好與花爲主句宜秉燭頻觀句泛湘酎叶莫待南枝句隨樂府豆新聲吹後叶對賞心人句良辰美景句須信難偶叶

調見《梅苑》。與《一剪梅》之别名不同，《詞律》失收。《詞譜》作吴師益，考《宋詩紀事》有吴師孟，益字當是孟字之訛。今改正。

「廣寒」二字、「賞心」二字相連。「襲」字用仄聲，均勿誤。「宜秉燭」句，《詞譜》於「燭」字注豆。據賀詞比此作多一字，自當於「頻觀」斷句。「泛」字下脱一字，但喻陟又一首亦三字。「畔」字，《梅苑》作「時」，誤。「美」字作「好」。

《詞林叢著》云：「吐」、「濘」、「御」、「度」、「主」、「府」六字，皆以尤葉魚虞，引《音韻闡微》爲證。愚按：此六字并非應叶之字，毋庸計較。且有賀詞可證。「雪」、「暗」可平。「珍」「穠」可仄。「獨」作平。

又一體百一字

喻陟

愛日初長韻正園林句纔見萬木凋黃叶檻外朝來句已見數枝句復欲掩映回廊叶賜與東皇叶付芳信豆妝點江鄉叶想玉樓中句誰家艷質句試學新妝叶　桃杏苦尋芳叶縱成蹊句豈能似恁清香叶素艷妖嬈句應是晝夜句曾與明月風光叶瑞雪濃霜叶渾疑是豆粉蝶輕狂叶待拚吟賞句休聽畫閣句橫笛悲傷叶

調見《梅苑》，不著名氏。葉《譜》爲喻陟作。此用平韻。前後次三句，一三、一六字，四、五、六句，兩四六字，句法差異，平仄無訛，亦破句法也。兩起句，兩七句，皆叶韻。「晝」字，《梅苑》作「盡」，「濃」字作「冰」，「閣」字作「樓」，「笛」字作「管」，均誤。「待拚吟賞」句，中二字不連，是率筆。

梅香慢百一字

賀鑄

高閣寒輕句映萬朵芳梅句亂堆香雪韻未待江南句早冠百花句先占一陽佳節叶剪彩凝酥句無處學豆天然奇絶叶便壽陽妝句工夫費盡句艷姿終別叶　風裡弄輕盈句掩珠英明瑩句麝蠟飄烈叶莫放芳菲歇叶剩永宵歡賞句酒酣吟折叶倒玉何妨句且聽取豆樽前新闋叶怕笛聲長句行雲散盡句

漫悲風月叶

見《東山樂府》，名《梅花慢》。葉《譜》名《早梅香慢》，與吴作《蠟梅香》無異，自是一調名。《詞律》失收。「早」字不叶，或「歇」字亦偶合，非叶。「早」字，一本作「信」，斷句。下「占」字句，與後段同，恰與吴作合。「便壽陽妝」、「怕笛聲長」，必中二字連。詞之體格在此，勿誤。「永宵」二字，集作「夜永」，葉《譜》作「芳宵」。「麝蠟」二字，《梅苑》作「待臘」，誤。「瑩」去聲。「蠟」入聲。

早梅香九十六字

本意

無名氏

北帝收威句又探得早梅句漏春消息韻粉蕊瓊苞句擬將胭脂句輕染顏色叶素質盈盈句終不似豆雪霜欺得叶奈化工□句偏宜賦與句壽陽妝飾叶　獨自逞冰姿句比夭桃豆繁杏殊別叶爲報山翁逢此句有花樽前句且須攀折叶醉賞吟戀句莫孤負豆好天風月叶恐笛聲悲句紛紛便似句亂飛香雪叶

調見《梅苑》。與《早梅芳》迥别，與喻作《蠟梅香》同。惟前段第六句少二字，後段次句亦少二字。三、四、五句，一六、兩四字，句法異。與吴、賀諸作體格亦合，自是一調，故附列。「擬將胭脂」、「有花樽前」連用三平，平仄亦别。「化工」下當脱一字。「似」字，《梅苑》作「許」。「杏」、「爲」去聲。「戀」宜平。

詞繫卷十五

宋

十二時 四十六字 一名隴首山 憶少年 桃花曲

別歷下 晁補之

無窮官柳句無情畫舸句無根行客韻南山尚相送句只高城人隔叶 罨畫園林溪紺碧叶算重來豆盡成陳迹叶劉郎鬢如此句況桃花顏色叶

《詞名集解》云：隋煬帝幸江都，令大樂令白明達造此。與柳永長調及無名氏體皆不同。萬俟詠詞有「上隴首凝眸」句，名《隴首山》。劉秉忠詞有「恨桃花流水」句，名《桃花曲》。兩結各兩五字句，上是五言詩句，下是一領四字句法。「尚」、「鬢」二字必用去聲，均勿誤。「算」可平。「重」、「來」可仄。

憶少年 四十七字

曹組

年時酒伴句年時去處句年時春色韻清明又近也句卻天涯爲客叶　念過眼光陰難再得叶想前歡豆盡成陳迹叶登臨恨無語句把闌干暗拍叶

《九宮大成》入北詞商調。

此比《十二時》只多一「念」字，自是一調無疑。《詞律》以爲誤多，不知萬俟詠亦有此體。《歷代詩餘》云：與《十二時》之别名相辨者，在後段之長短平仄也。「酒」、「暗」可平。

朝天子 四十六字

酒醒情懷惡韻金縷褪豆玉肌如削叶寒食過卻叶早海棠零落叶　漸日照闌干烟淡薄叶綉額朱簾籠畫閣叶春睡著叶覺來失豆鞦韆期約叶

唐教坊曲名《朝天》，《九宮大成》入北詞中吕調隻曲，一名《謁金門》。又入南詞南吕宫正曲。「子」本作「紫」，乃以蜀牡丹花爲名。今通作「子」。

此詞又見馮延巳《陽春集》，名《思越人》。前結句缺「早」字。今考楊无咎《朝天子》詞，與此悉合，是誤寫調名、人名。至《謁金門》句法與此大異。《九宫譜》列爲别名，誤。「早海棠」三字，《汲古》作「海棠花」，誤。「縷」、「海」可平。「金」、「來」可仄。「食」作平。

鹽角兒五十字

亳社觀梅

開時似雪韻謝時似雪叶花中奇絶叶香非在蕊句香非在蕚句骨中香徹叶　占溪風句留溪月叶堪羞損豆山桃如血叶直饒更豆疏疏淡淡句終有一般情别叶

《嘉祐雜志》云：梅聖俞説：始教坊家人市鹽，於紙角中得一曲譜，翻之遂以名，今雙調《鹽角兒令》是也。歐陽永叔嘗製詞。愚按：古樂府有「烏鹽角」，或取名以此。歐詞今不傳，他無作者。鹽即曲也，古曲有《昔昔鹽》、《黄帝鹽》、《突厥鹽》，皆以鹽名。《嘉祐雜志》之誤，恐不足據。

金鳳鈎五十四字

雪晴閒步花畔韻試屈指豆早春將半叶櫻桃枝上最先到句卻恨小梅芳淺叶　忽驚拂水雙來燕叶暗自憶豆故人猶遠叶一分風雨占春愁句愁來又對花腸斷叶

此調只晁二首，《詞律》失收。後結比前多一字。「又」字是襯字也。

又一體 五十五字

送春

春辭我向何處韻怪草草豆夜來風雨叶一簪華髮句少歡饒恨句無計殢春且住叶　春回常恨尋無路叶試向我豆小園徐步叶一闌紅藥句倚風含露句春自未曾歸去叶

兩結一四、一六字，與前異。「露」字偶合，非叶韻。

惜分飛 五十字　一名惜芳菲

別吳作

山水光中原無暑韻是我消魂別處叶只有多情雨叶會人深意留人住叶　不見梅花來已暮叶未見荷花又去叶圖畫他年覷叶斷腸千古苕溪路叶

《九宮大成》入南詞小石調正曲。

《樂府雅詞》：賀鑄詞名《惜雙雙》，與張先《惜雙雙》、劉弇《惜雙雙令》皆不同。曹冠詞名《惜芳菲》。《詞律》與《惜雙雙》合爲一調，是因《雅詞》、《詞綜》之誤寫調名，遂以爲別名而未之察也。

起句用拗體，與《眼兒媚》、《戀綉衾》體格同。「是」、「只」、「不」、「未」可平。「消」、「深」、「梅」、「圖」可仄。

又一體五十一字

吴氏館寄内董氏　　陳著

築壘愁城書一紙韻雁雁兒將不起叶好去西風裡叶到家分付顰眉底叶　落日闌干羞獨倚叶十里江山萬里叶容易成憔悴叶惟歸來還是歸去是叶

結句八字，比各家多一字，亦襯字也。

又一體五十字

代別

消暑樓前雙溪匝句畫柱水晶宮裡韻人共荷花麗叶更無一點塵埃氣叶　不會使君匆匆至叶又作匆匆去計叶誰解連紅袂叶大家都把蘭舟繫叶

首句不起韻。

又一體五十字

富陽僧舍作別語贈妓瓊芳　毛滂

淚濕闌干花著露韻愁到眉峰碧聚叶此恨平分取叶更無言語空相覷叶　短雨殘雲無意緒叶寂寞朝朝暮暮叶今夜山深處叶斷魂分付潮回去叶

《唐宋絶妙詞》注云：元祐中，東坡守錢塘。澤民爲法曹掾，秩滿辭去。是夕宴客，有妓歌此詞。坡問誰所作，妓以毛法曹對。坡與坐客曰：「郡寮有詞人不及知，某之罪也。」翌日折柬追還，留連數月。澤民因此得名。樓近思辨以爲非。余謂黄昇宋人，援據當有所本，何必嘵辯。

起句用順體，「著」字各家作平。「更」字、「斷」字陳允平作平。

又一體四十八字　辛棄疾

翡翠樓前芳草路韻寶馬墮鞭暫駐叶最是周郎顧叶幾度歌聲誤叶　望斷碧雲空日暮叶流水桃源何處叶古道春歸去叶更無人管飄紅雨叶

前結句五字，比各家少二字，不知是遺脱否。姑存之。

紫玉簫九十九字

過堯民金部四叔位，見韓相家姬輕盈所留題。

羅綺園中句笙歌叢裡句眼狂初認輕盈韻無花解比句似一鈎新月句雲際初生叶算不虚得句卿占與豆第一佳名叶輕歸去句那知有人句別後牽情叶　襄王自是春夢句休漫説東牆句事更難憑叶誰教慕宋句要題詩曾倚句寶柱低聲叶似瑶臺曉句空暗想豆衆裡飛瓊叶餘香冷句猶在小窗句一到魂驚叶

《宋史·樂志》：太宗製歌指調。《九宫大成》入北詞小石角隻曲。許《譜》入北詞小石調。

此與《碧玉簫》無涉。

此調別無他作，平仄宜從。「輕」字，各本作「卿」，據《詞律訂》改正。「園」字，葉《譜》作「叢」，「叢」字作「筵」，「新」字作「低」，「卿」字作「都」。

惜奴嬌七十一字

歌闋瓊筵句暗失金貂侣韻説衷腸豆丁寧囑咐叶棹舉帆開句黯行色豆秋將暮叶欲去叶待卻回豆高城已暮叶　漁火烟村句但觸目豆傷離緒叶此情向豆阿誰分訴叶那裡思量句争知我豆思量苦叶

最苦叶眠不穩豆西風夜雨叶

《高麗史·樂志》宋賜大晟樂，有《惜奴嬌》曲破。高拭詞注雙調，《九宮大成》入南詞仙吕宫引，又入北詞雙角隻曲。「欲去」、「最苦」是叶韻，勿誤。「已」、「夜」二字用仄，此聲調也。「佀」字，《汲古》作「似」，誤。

又一體七十一字

蔡伸

隔闊多時句算彼此豆難存濟叶咫尺地豆千山萬水叶眼眼相看句要説話豆都無計叶只是叶唱曲兒豆詞中認意叶　雪意垂垂句更刮地豆寒風起叶怎禁這豆幾夜意叶未散癡心句便指望豆長偎倚叶只替叶火桶兒豆與奴暖被叶

《汲古》原注一作《粉蝶兒》，誤。兩調句法略有不同。前段次句六字，後段三句亦六字，與晁作異。

又一體七十二字

梅

史達祖

香剁酥痕句自昨夜豆春愁醒叶高情寄豆冰橋雪嶺叶試約黄昏句便不誤豆黄昏信叶人静叶倩嬌娥豆留連秀影叶　吟鬢簪香句已斷了豆多情病叶年年待豆將春管領叶鏤月描雲句不枉了豆閒

心性叶漫聽叶誰敢把豆紅顔比并叶

前後兩次句皆六字。《詞律》謂此句應六字，晁詞恐有脱誤，何所見而云然。又於「雪」字、「管」字注宜平，觀晁詞後用「分」字，則此説不確明矣。又列石孝友二詞皆俳體，直似柘枝打油，墮入惡道，不足爲訓。并於兩結兩字句，用「冤家」以叶話禡韻。萬氏以爲平仄互叶體，大謬。趙長卿於「不枉了」句，作「捧出金盞銀臺」，不叶韻，是誤筆，不可從。

金盞倒垂蓮九十二字

次韻寄霸帥楊仲謀安撫

休説將軍句解彎弓掠地句崑嶺河源韻彩筆題詩句緑水映紅蓮叶算總是豆風流餘事句會須行樂芳年叶只有一部句隨軒脆管繁絃叶　多情舊游尚憶句寄秋風萬里句鴻雁天邊叶未學元龍句豪氣笑求田叶也莫爲豆庭槐興嘆句便傷摇落淒然叶後會一笑句猶堪醉倒花前叶

《南渡典儀》賜筵樂次第十七盞，奏《金盞倒垂蓮》，「只有一部」、「後會一笑」，作仄仄入去，晁又一首同。想是宮調應如此，作者勿誤填。「崑」字葉《譜》作「葱」，「芳年」二字作「年年」。《汲古》缺「芳年」二字，脱誤。「緑」、「脆」、「尚」可平。「崑」、「鴻」可仄。

又一體九十三字　　無名氏

依約疏林句見盈盈春意句幾點霜蕤韻應是東君句試手作芳菲叶粉面倚豆天風微笑句是日暖豆雪已晴時叶人静么鳳翩翩句踏碎殘枝叶　幽香渾無着處句甚一般雨露句獨占清奇叶淡月疏雲句何處不相宜叶陌上報春來也句但緑晴豆青子離離叶桃香應仗先容句次第追隨叶

見《梅苑》。前段第七句七字，後段六句六字，七句七字。兩結一六、一四字，與晁作異。

又一體九十二字　　曹勛

穀雨初晴句對鏡霞乍斂句暖風凝露韻翠雲低映句捧花王留住叶滿園嫩紅貴紫句道盡得豆韶光分付叶禁籞浩蕩句天香巧隨天步叶　群仙倚春欲語叶遮麗日豆更着輕羅深護叶半開微吐叶隱非烟非霧叶正宜夜闌秉燭句況更有豆姚黄嬌妒叶徘徊縱賞句任放濛濛柳絮叶

此用仄韻，見《松隱集》。前後第六句六字，七句七字，與晁作異。「徘徊」二字用平，與前段不合，究不宜從。「吐」字恐非叶。《詞律》未收此體，皆因比較字數，以致遺漏不少。「園」字，《詞譜》作「闌」，「欲」字作「似」。

下水船七十六字

上客驪駒繫韻驚喚銀屏睡起叶困倚妝樓句盈盈正解羅髻叶鳳釵墜叶繚繞金盤玉指叶巫山一段雲委叶　半窺鏡句向我橫秋水叶斜頷花枝交鏡裡叶淡拂鉛華句匆匆自整羅綺叶斂眉翠叶雖有愔愔密意叶空作江邊解珮叶

唐教坊曲名。

王定保《摭言》云：裴延裕乾寧中在內廷，文書敏捷，號下水船。

《能改齋漫録》云：廖明略與无咎同登科。明略所游田氏，麗姝也。一日，明略邀无咎晨過田氏。田遽起對鑑理髮，且盼且語，草草妝掠以與客對。无咎以明略故，有意而未傳也，因賦《下水船》一闋。

「半窺鏡」用去平仄，勿誤。「屏」字一作「瓶」，「樓」字作「臺」，「羅髻」二字作「螺髻」，「頷」字作「領」，誤。

又一體七十五字

和季良瓊花　晁補之

百紫千紅翠韻惟有瓊花特異叶便是當年句唐昌觀中玉蕊叶尚記得豆月裡仙人來賞句明日喧傳都市叶　甚時又豆分與揚州本句一朵冰姿難比叶曾向無雙亭邊句半酣獨倚叶似夢覺豆曉出瑤臺十里句猶憶飛瓊標致叶

「便是」句，「曾向」句，上四下六字，一氣貫下，可不拘。惟「得」字、「本」字、「賞」字、「覺」字不叶韻。「記」字、「夢」字用去。後段次句少一字，與前異。

又一體七十五字

賀鑄

芳草青門路韻還拂京塵東去叶回想當年句離聲送君南浦叶愁幾許叶樽酒留連薄暮叶簾捲津樓烟雨叶　憑闌語叶草草蘅皋賦叶分首驚鴻不駐叶燈火虹橋句難尋弄波微步叶漫凝佇叶莫怨無情流水句明月扁舟何處叶

換頭句叶韻，「暮」字叶，黃庭堅與此全同，於「此」字不叶。「水」字或是借叶。

勝勝慢九十九字　勝或作聲　一名人在小樓

楊花

朱門深掩句擺蕩春風句無情鎮欲輕飛韻斷腸如雪句撩亂去點人衣叶朝來半和細雨句向誰家豆東館西池叶算未肯豆似桃含紅蕊句留待郎歸叶　還記章臺往事句別後縱青青句似舊時垂叶灞岸行人多少句競折柔枝叶而今恨啼露葉句鎮香街豆拋擲因誰叶又爭可豆妬郎誇春草句步步

相隨叶

蔣氏《九宮譜目》入仙吕調，《九宮大成》入南詞仙吕宫引。

調見《琴趣外篇》。《梅苑》亦名《勝勝慢》，賀鑄詞名《聲聲慢》。吴文英詞有「人在小樓」句，名《人在小樓》。舊説因蔣捷詞得名，大誤。説詳蔣作下。《汲古》原題作《家妓榮奴既出有感》。

「半」、「細」、「恨」、「露」四字必去聲。周密一首於「斷腸如雪撩亂」六字，作「恨入琵琶小憐」，後段同。「别後縱青青」句，作「看黄花緑酒」，平仄異，可不拘。愚按：北宋初，詞律猶不甚精，每多參差。至周邦彦等立大晟府樂章，於是具備，始得規矩整齊。《詞律》反以晁作爲誤，此讀書未嘗論世也。説見發凡。「肯」字，葉《譜》作「有」。愚按：此體與《萬年歡》相仿，只前起及兩結不同。可見詞調重在起調、畢曲。稍有不同，宫調即别，不可僅於字句間斤斤求之也。「細」、「算」、「步」可平。「東」、「紅」、「争」可仄。

聲聲慢九十七字

賀鑄

園林幕翠句燕寢凝香句華池繚繞飛廊韻坐按吴娃清麗句楚調圓長叶歌闌横流美盼句乍疑生豆綺席輝光叶文園屬意句玉觴交勸句寶瑟高張叶　南薰難消幽恨句金徽上豆殷勤彩鳳求凰叶便訴捲收行雨句不戀高唐叶東山勝游在眼句待紉蘭豆擷菊相將叶雙棲安穩句五雲溪是故鄉叶

「故」字必用去聲，各家定格。「坐按吴娃」二句，上四下六、上六下四字。「金徽」下五字，平仄各家不同，皆可不拘。惟前結三句皆四字，後結一四、一六字，與晁異。「綺」、「五」可平。「薰」、「徽」、「勤」、「安」、「溪」可仄。「横」去聲。

又一體九十七字　　趙佶

欺寒衝暖句佔早爭先句江梅又報南枝韻暗香浮動句偏宜映月臨池叶天然素肌瑩骨句笑等閒桃李芳菲叶勞夢想句似玉人羞懶句弄粉妝遲叶　常恐行歌聲斷句猶堪恨句無情塞管輕吹叶寄遠叮嚀折贈句隴首相思叶前村夜來雪裡句殢東君豆須索饒伊叶爛熳也豆算百花句猶自未知叶

此體見《梅苑》，無名氏作，字多異同。結尾與賀、晁兩作皆異。「暗香」句與後段平仄異。又一首和韻，前後段平仄同，可不拘。「折」字本作「相」，「相思」二字作「雲飛」。又一首亦叶「思」字，當從《梅苑》。「瑩」用去聲。

又一體九十五字　　元好問

林間鷄犬句江上村墟句扁舟處處經過韻袖裡新詩句買斷古木滄波叶山中一花一草句也留教豆老子婆娑叶任人笑豆風雲氣少句兒女情多叶　不待求田問舍句被朝吟暮醉句慣得蹉跎叶百尺高樓句更問平地如何叶朝來斜風細雨句喜紅塵豆不到漁蓑叶一樽酒豆喚元龍句來聽浩歌叶

此與趙佶作同。惟前結「任人笑」下少一字，石孝友一首同，并非誤落。當列此一體。

又一體九十五字

柳花　　周密

燕泥沾粉句魚浪吹香句芳堤十里新晴韻靜惹游絲句花邊裊裊扶春叶多情最憐漂泊句記章臺豆曾挽青青叶堪愛處豆是撲簾嬌軟句隨馬輕盈叶　長是河橋三月句做一番晴雪句惱亂詩魂叶帶雨沾衣句羅襟點點離痕叶休綴潘郎鬢影句怕緑窗年少人驚叶捲春去豆東風千縷碎雲叶

此同賀體。惟結句六字，比各家少一字。一本上有「剪」字。「多情」句，一本少「情最」二字，是脱落。「軟」字作「嫩」。今從《笛譜·草窗詞》。「緑」作平。

又一體九十七字

秋聲　　蔣捷

黃花深巷句紅叶低窗句淒涼一片秋聲韻豆雨聲來句中間夾帶風聲叶疏疏二十五點句麗譙門豆不鎖更聲叶故人遠豆問誰搖玉珮句檐底鈴聲叶　彩角聲吹月墜句漸連營馬動句四起笳聲叶閃鑠鄰燈句燈前尚有砧聲叶知他訴愁到曉句碎噥噥豆多少蛩聲叶訴未了句把一半豆分與雁聲叶

此與趙佶體無異，但韻腳全用「聲」字，亦福唐體也。舊說此調由此詞得名，且謂作勝勝者非是。不知蔣爲南宋末人，入元不仕。晁作本名《勝勝慢》。《梅苑》亦名《勝勝慢》，其《聲聲令》亦名《勝勝令》，是北宋先有此名。晁、賀諸人皆在數十年前，何得謂調由蔣起耶？本譜叙列時代，不辨自明。特録此以備一格，且證舊説之誤。

又一體 九十七字

劉涇

梅黄金重句雨細絲輕句園林烟霧如織韻殿閣風微句簾外燕喧鶯寂叶池塘彩鴛戲水句露荷翻豆千點珠滴叶閒晝永句稱瀟湘竿叟句爛柯仙客叶　日午槐陰低轉句茶甌罷清風頓生雙腋叶碾玉盤深句朱李静沉寒碧叶朋儕閒歌白雪句卸紗巾豆樽俎狼籍叶有皓月句照黄昏豆眠又未得叶

此用仄韻。前結同晁作，後結同趙佶作。「霧」、「點」、「俎」可平。「烟」、「風」、「茶」、「甌」可仄。「稱」、「閒」用去聲。

又一體 九十七字

李清照

尋尋覓覓韻冷冷清清句淒淒慘慘戚戚叶乍暖還寒句時候最難將息叶三杯兩盞澹酒句怎敵他豆晚來風急叶雁過也句正傷心句卻是舊時相識叶　滿地黄花堆積叶憔悴損句如今有誰堪摘叶守著窗兒句獨自怎生得黑叶梧桐更兼細雨句到黄昏豆點點滴滴叶這次第豆怎一個句愁字了得叶

兩起句即起韻，與各家異。餘與劉作同。《詞律》謂「慘」、「戚」、「盞」、「點」四字作平。愚按：「慘」字亦有用仄者。

「敵」、「晚」、「也」、「得」、「點」、「滴」等字，何嘗不是作平，較劉作便知。「堪」字葉《譜》作「忺」。

又一體九十九字

府判生辰　趙長卿

金風玉露句綠橘黃橙句商秋爽氣飄逸韻南斗騰光句應是閒生賢出叶照人紫芝眉宇句更仙風豆誰能儔匹叶細屈指豆到小春時候句恰則三日叶　莫論早年富貴句也休問文章句有如椽筆叶堯舜逢君句啟沃定知多術叶而今且張錦幄句麝煤泛豆暖香鬱鬱叶華堂裡豆聽瑶琴輕弄句水仙新律叶

此用晁體改仄韻，是以入作平也。此調不宜用上去聲，學者審之。「鬱」作平。

夜合花九十七字

和李浩季良牡丹

百紫千紅句占春多少句共推絶世花王韻西都萬户句擅名不爲姚黃叶漫腸斷巫陽叶對沉香豆亭北新妝叶記清平調句詞成進了句一夢仙鄉叶　天葩秀出無雙叶倚朝暉豆半如酣酒成狂叶無

言自省句檀心一點偷芳叶念往事情傷叶又新艷豆曾説滁陽叶縱歸來晚句君王殿後句別是風光叶

《九宮大成》入南詞大石調引，許《譜》同。

調見《琴趣外篇》。前後兩六句，是一領四字句法。「西都」二句，或上六下四，或上四下六，可不拘。「記清平調」句，「從歸來晚」句，二字相連，各家同。惟周密詞與下句對，不可從。「萬户擅名」四字，《汲古》、《詞律》作「萬家俱好」，「省」字作「有」，今從《詞律訂》改正。「酣酒」二字《詞譜》作「酣醉」，「情」字作「成」。「擅」、「進」、「一」、「秀」可平。「檀」可仄。「絶」作平。

又一體 一百字

高觀國

斑駮雲開句濛鬆雨過句海棠花外輕陰韻湖山翠暖句東風正要新晴叶又喚醒豆舊游情叶記年時豆今日清明叶隔花陰淺句香隨笑語句特地逢迎叶　人生叶好景難并叶依舊鞦韆捲陌句花月蓬瀛叶春衫抖擻句餘香半染芳塵叶念嫩約豆杳無憑叶被幾聲豆啼鳥驚心叶一庭芳草句危闌晚日句無情銷凝叶

前後第六句作兩三字句。後段次句六字，多一字。換頭二字叶韻與各家異。「一庭芳草」，三字不相連，是誤筆，不可從。「淺」字《汲古》作「殘」，誤。「無」字作「難」。

又一體百字　　史達祖

柳鎖鶯魂句花翻蝶夢句自知愁染潘郎韻輕衫未攬句猶將淚點偷藏叶念前事豆怯流光叶早春窺豆酥雨池塘叶向銷凝裡句梅開半面句情滿徐妝叶　風絲一寸柔腸叶曾在歌邊惹恨句燭底縈香叶芳機瑞錦句如何未織鴛鴦叶人扶醉豆月依牆叶是當初豆誰敢疏狂叶把閒言語句花房夜久句各自思量叶

與高作同，只換頭二字不叶韻。周密一首同，但第八句作「梨花雲暖」，句法異。後同。「早春窺」句，《汲古》多「去」字，衍誤。「人扶醉」三字作「醉扶人」，皆誤。

又一體九十九字

自鶴江入京泊葑門外有感　　吴文英

柳暝河橋句鶯晴臺苑句短策頻惹春香韻當時夜泊句溫柔便入深鄉叶詞韻窄句酒杯長叶剪蠟花豆壺箭催忙叶共追游處句凌波翠陌句連棹橫塘叶　十年一夢淒涼叶似西湖燕去句吴館巢荒叶重來萬感句依前喚酒銀缸叶溪雨急句岸花狂叶趁殘鴉豆飛過蒼茫叶故人樓上句憑誰指與句芳草斜陽叶

與高、史兩作同，惟後段次句五字與晁同。孫惟信一首亦然。《詞律》不收此體。

鬥百草 百二字

別日常多句會時常少句天難曉韻正喜花開句又愁花謝句春也似人易老叶慘無言豆念舊日朱顏句清歡莫笑叶便冉冉如雲句霏霏似雨句去無音耗叶　追想牆頭梅下句門裡桃邊句名利爲伊都忘了叶血寫香箋句淚封羅帕句記三日豆離腸浪攪叶如今事豆十二樓空憑誰到叶此情悄叶擬回船豆武陵路杳叶

《詞名集解》云：隋煬帝幸江都，令太樂令白明達造。與《鬥百花》無涉。

此調晁共二首，「莫」、「日」、「十」作平。「梅」、「憑」可仄。「爲」、「忘」去聲。其一首於「笑」字不叶韻，誤。次句「少」字非叶，可作七字句。「憑」字用仄可通。「少」字，葉《譜》作「寡」，「浪」字《汲古》、《詞律》作「恨」。

摸魚子 百十六字　子或作兒　一名買陂塘　邁波塘　安慶模　陂塘柳　雙蕖怨

東皋寓居

買陂塘句旋栽楊柳句依稀淮岸湘浦韻東皋雨足新痕漲句沙觜鷺來鷗聚叶堪愛處叶最好是豆一川夜月光流渚叶無人自舞叶任翠幄張天句柔茵藉地句酒盡未能去叶　青綾被句莫憶金閨故

步叶儒冠曾把身誤叶弓刀千騎成何事句荒了邵平瓜圃叶君試覷叶滿青鏡豆星星鬢影今如許叶功名浪語叶便得似班超句封侯萬里句歸計恐遲暮叶

唐教坊曲名。《九宮大成》入北詞中呂調隻曲。

《詞名集解》云：辛棄疾製，宋大曲也。愚按：唐《教坊記》有此名，固不始於宋。晁在辛前，此説大謬。

原名《摸魚子》，南宋人始名《摸魚兒》。因此詞起句，故易名《買陂塘》。元好問詞名《邁陂塘》，張榘詞名《安慶模》，李治詞名《雙蕖怨》，明劉基因辛詞名《山鬼謠》。

《苕溪漁隱叢話》云：《摸魚兒》一詞，晁无咎所作也。《滿江紅》一詞，吕居仁所作也。餘性樂閒退，一丘一壑，蓋將老焉。二詞俱能道阿堵中事，每一歌之，未嘗不擊節也。

前後段第三句，當用平平平仄平仄。七句十字，當於三字頭領起下七字，定格。其不同者勿從。「自舞」、「浪語」當用去上。「岸」、「愛」、「未」、「把」、「試」、「恐」六字當用仄，然亦有平者，不可從。「湘」字《汲古》作「江」，「雨足」二字作「嘉雨」，「得似」二字作「似得」，誤。「新」字一作「輕」，「自」字作「獨」，「幄」字作「幕」，「得似」二字作「做得」。前結句，《汲古》刻程垓詞作「簌簌釀寒輕雪」六字。「寒」字應是衍誤。愚按：此調當以此體爲正格。兩起次句，有叶韻不叶之異。其餘增減字數者，録以備體。或脱誤，或偶筆，作者皆不必從。

又一體百十五字

歐陽修

捲綉簾句梧桐院落句一霎雨添新緑韻小池閒立殘妝淺句向晚水紋如縠叶凝遠目叶恨人去豆寂寥鳳枕孤難宿叶倚闌不足叶看燕拂風簾句蝶翻露草句兩兩鎮相逐叶　雙眉蹙叶可惜年華婉

娩句西風初弄庭菊叶況伊家年少句多情未已難拘束叶那堪更句趁涼景豆追尋甚處垂楊曲叶佳期過盡句但不説歸來句多應忘了句雲屏去時囑叶

此調相傳爲晁製，此詞恐有訛誤。或歐襲其調名，故附列。

前段同晁作，後段第四、五句，一五、一七字，與各家皆不同。「娩」字、「更」字、「盡」字，俱不叶韻，自是誤筆，當依晁體爲正格。《汲古》、《詞律》於「院落」上多「秋」字，「小池」上多「對」字，「伊家年少」句缺「家」字。「寂寥」二字作「寂寂」，「鎮」字作「長」。今從《歷代詩餘》本。

又一體百十六字

辛棄疾

淳熙己亥，自湖北漕移湖南，同官王正之置酒小山亭，爲賦。

更能消豆幾番風雨韻匆匆春又歸去叶惜春長怕花開早句況復落紅無數時春且住叶見説道豆天涯芳草迷歸路叶怨春不語叶算只有殷勤句畫檐蛛網句盡日惹飛絮叶　長門事句準擬佳期又誤叶蛾眉争有人妬叶千金縱買相如賦句脈脈此情誰訴叶君莫舞叶君不見豆玉環飛燕皆塵土叶閒愁最苦叶休去倚危闌句斜陽正在句烟柳斷腸處叶

前起句叶韻，後起句不叶。「況復」二字，《汲古》作「何況」，「迷」字作「無」，「争」字作「曾」，「縱」字亦作「曾」。

又一體 百十六字　一名山鬼謠　　辛棄疾

雨岩有石，狀甚怪。取《離騷》、《九歌》名曰《山鬼》，因賦《摸魚兒》，改名《山鬼謠》。

問何年句此山來此句西風落日無語韻看君似是羲皇上句直作太虛名汝叶溪上住叶算只有豆紅塵不到今猶古叶一杯誰舉叶笑我醉呼君句崔嵬未起句山鳥覆杯去叶　須記取叶昨夜龍湫風雨叶門前石浪掀舞叶四更山鬼吹燈嘯句驚倒世間兒女叶依然處叶還問我豆清游杖履公良苦叶神交心許叶待萬里攜君句鞭笞鸞鳳句送我遠游賦叶　石浪庵外巨石也，長三十餘丈。

換頭句叶韻。「誰」字、「心」字用平。《汲古》缺「住」字，誤失韻。「落」作平。

又一體 百十六字

送任謙甫出山　　李俊民

這光景句能銷幾度韻大都數十寒暑叶結廬人在山深處叶萬壑千岩風雨叶朝復暮叶甚不管豆堂堂背我青春去叶高情自許叶似野鶴孤雲句江鷗遠水句此興有誰阻叶　功名事句休嘆儒冠多誤叶韓顛彭蹶無數叶一溪隔斷桃源路叶只有人家雞黍叶歌且舞叶更不住豆醉中時出烟霞語叶

暫來樵斧叶貪看兩争棋句人間不道句俯仰成今古叶

前後兩次句、兩四句俱叶韻，與各家異。

又一體百十五字

湖上　　杜旟

放扁舟句萬山環處句平鋪碧浪千頃韻仙人憐我征塵久句借與夢游清枕叶風乍静叶望兩岸豆群峰倒浸玻璃影叶樓臺相映叶更日薄烟輕句荷花似醉句飛鳥墮寒鏡叶　中都内句羅綺千街萬井叶天教此地幽勝叶仇池仙伯今何在句堤柳幾眠還醒叶君試問叶此意只今更有何人領叶功名未竟叶待學取鴟夷句仍攜西子句來動五湖興叶

後段第七句九字，比各家少一字。

又一體百十六字

送王子文知太平州　　李昴英

怪朝來句片紅初瘦句半分春事風雨韻丹山碧水含離恨句有脚陽春難駐叶芳草渡叶似叫住叶東

君滿樹黄鸝語叶無端杜宇叶報採石磯頭句驚濤屋大句寒色要春護叶　陽關唱句畫鷁徘徊東渚叶相逢知又何處叶摩挲老劍雄心在句對酒細評今古叶君此去叶幾萬里豆東南只手擎天柱叶長生壽母叶更穩坐安輿句三槐堂上句好看彩衣舞叶

《汲古》云：俊民因此詞得名，黄叔暘稱爲詞家射雕手。考李昴英，《詞品》作李昂英，《文溪詞》作李公昂。今從《花庵詞選》訂正。

「住」字似叶韻。

又一體百十四字

九日　　徐一初

對茱萸句一年一度韻龍山今在何處叶參軍莫道無勛業句消得從容樽俎叶君看取叶便破帽飄零句也得傳千古叶當年幕府叶知多少時流句等閒收拾有個客如許叶　追往事句滿目山河晉土叶征鴻又過邊羽叶登臨莫上高層望句怕見故宮禾黍叶觴緑醑叶澆萬斛牢愁句淚閣新亭雨叶黄花無語叶畢竟是豆西風披拂句猶憶舊游侶叶

「便破帽」二句，「澆萬斛」二句，各兩五字，與蔣作後段同。「畢竟是」句三字，比各家少二字。《草堂》有「孤芳」二字。「得傳」二字，《草堂》作「傳名」，《詞律》作「博名」。「上」字作「苦」，「過」字作「遞」，「憶舊游侶」四字作「識舊時主」。徐詞萬氏未收。

又一體百十六字　　白樸

問雙星豆有情幾許韻消磨不盡今古叶年年此夕風流會句香暖月窗雲户叶聽笑語叶知幾處叶彩樓瓜果祈牛女叶蛛絲暗度叶似拋擲金梭句縈回錦字句織就舊時句叶　愁雲暮豆漠漠蒼烟掛樹叶人間心更誰苦叶擘釵分鈿蓬山遠句一樣絳河銀浦叶烏鵲渡叶離別苦叶啼妝灑盡新秋雨叶雲屏且住叶算猶勝姮娥句倉皇奔月句只有去時路叶

前後起句及六句皆叶韻。

又一體百十七字　　陳著

隨湖南安撫趙德修自長沙回至魯港，值其生日。

碧油幢句一開藩後句便思量早歸去韻工夫着緊新城好句風月萬家笙鼓叶游宴處叶要管領春光補種花無數叶何須更駐叶只畫了瀟湘句扁舟輕發句揮手謝南楚叶　江帆細句撐入清溪綠樹叶家山三兩程路叶安排小馬句追隨猿鶴句勾引詩朋酒侶叶瀟灑處叶是則是初心只恐難留駐叶忙須著句叶把泉石烟霞句平章一遍句回首鳳綸舞叶

後段第四、五句，兩四字句，比各家多一字。「處」字、「駐」字皆重叶。

按：陳著字子微，號本堂，鄞縣人。寶祐四年進士。官著作郎，出知嘉興府。忤賈似道，改臨安通判。有《本堂集》九十二卷，詞二卷。

又一體百十六字

九日登平山和趙子固帥機　張　榘

望神京句目斷烟草句青天長劍頻倚韻香街千里朱簾月句空想當年華麗叶堪嘆處叶沙靄蒹葭咿嗁雁聲起叶平山謾記叶悵楊柳春風句晴空闌檻句陳迹總非是叶　重陽好句紅葉黃花滿地叶良辰美景如此叶青油幕府傳芳斝句苒苒露瓊花氣叶還更喜叶看玉闕規恢笑騁伊吾志叶塵清北冀叶便向關洛聯鑣句巍巍冠佩句麟閣畫圖裡叶

前段第七句比各家少一字，後段第九句多一字。

又一體百十六字

壽東軒　蔣　捷

鞾吟鞭句雁峰高處句曾游長壽仙府韻年年長見瑶簪會句霞杪蓋芝輕度叶開綉户叶芙蓉萬朵句香紅勝染秋光素叶清簫麗句任灩玉杯深句鸞酣鳳醉句猶未洞天暮叶　塵緣誤叶迷卻桃源舊

步叶飛瓊芳夢同賦叶朝來聞道仙童宴句翹首翠房玄圃叶雲又霧叶身恍到微茫句認得胎禽舞叶遥汀近浦叶便一葦漁航句撑烟載雨句歸去伴寒鷺叶

「芙蓉」二句，一四、一七，「身恍到」二句兩五字，此變體也。「清簫麗」句，三字不叶，恐落一叶韻字。

又一體百十五字　　吴存

揚州

笑風流豆少年杜牧句如今雙鬢成雪韻來尋荳蔻梢頭夢句二十四橋明月叶人事別叶故國興亡豆欲問無人説叶淮雲萬疊叶但雨外疏鐘句烟中斷角句到曉共嗚咽叶　蕪城外句幾樹西風落葉叶消磨多少豪傑叶平山堂上朝中措句千載妙音幾絶叶歌一闋叶怪水部梅花豆怪我心如鐵叶才情未竭叶待跨鶴重來句纏腰半解句一奏玉笙徹叶

前段第六句九字，比各家少一字。後段十字，與各家同。

按：存字仲退，鄱陽人。延祐元年舉於鄉，以薦授寧國路儒學教授。有《樂庵詩集》二卷，詞附。

又一體百十六字　　無名氏

歲華向晚句遥天布彤雲句霰雪初飛韻前村昨夜漏春光句楚梅先放南枝叶嘆東君句運巧思叶裁

瓊縷玉裝繁蕊換仄叶花中偏異叶解向嚴冬逞芳菲平叶免使游蜂粉蝶戲叶　梁臺上句漢宮裡仄叶殷勤仗句高樓羌笛休吹平叶何妨留取憑闌干句大家吟玩歡醉仄叶待明年念芳草豆王孫萬里歸得未仄叶仙源應是仄叶又被花開向天涯平叶淚灑東風對桃李仄叶

《詞譜》云：此詞用本部三聲叶句法，多與本調不同。因見《梅苑》。詞係北宋人作，採以備體。兩起兩結句，皆與各家不同。「初」字，《梅苑》作「輕」，「笛」字作「管」。「思」去聲。

陂塘柳 百十四字

壽賈師憲　　趙從橐

指庭前句翠雲金雨韻霏霏香滿仙宇叶一清透徹渾無底句秋水也無流處叶君試數叶此樣襟懷豆頓得乾坤住叶閒情爾許叶聽萬物氤氳句從來形色句每向靜中覷叶　琪花路叶相接西池壽母叶年年弦月時序叶荷衣菊珮尋常事句分付兩山容與叶天證取叶此老平生豆可向青天語叶瑶卮緩舉叶要見我何心句西湖萬頃句來去自鷗鷺叶

前後段兩次句叶韻。兩七句皆九字，比各家少二字。

宴瓊林 百四字

黄裳

紅紫趁春闌句獨萬簇瓊英句猶未開罷韻問誰共豆緑幄宴群真句皓雪肌膚相亞叶華堂路句小橋邊句向晴陰一架叶爲香清豆把作寒梅看句喜風來偏惹叶　莫笑因緣句見影跨春空句榮稱亭榭叶助巧笑豆曉妝如畫叶有花鈿堪借叶新醅泛豆寒冰幾點句拚今日豆醉猶飛斝叶翠羅幃中句卧蟾光碎句何須待還舍叶

唐教坊曲名。《宋史·樂志》：太宗製。注雙調。

此調詠木香作。《詞律》失收，他無作者。

黄又一首句法異。「華堂」三句，作「紅蓮萬斛，開盡處，長安一夜」。「莫笑」三句，作「因甚雲山在此，是何人，能運神化」。「翠羅」三句，作「向東來、猶幸時如故，群芳未開謝」。

怨三三 五十字

李之儀

登姑熟堂寄舊游用賀方回韻

清溪一派瀉柔藍韻岸草毵毵叶記得黄鸝語畫檐叶喚狂裡豆醉重三叶　春風不動重簾叶似三五豆初圓素蟾叶鎮淚眼廉纖叶何時歌舞句再和池南叶

古詞有「狂喚醉裡三三」句，遂以名調。《詞律》以爲恐訛，不知前結正用古語。此失考之過。

據原題當是賀作，《東山樂府》未載其詞。

「柔」字，《汲古》作「揉」，「重」字作「垂」。

早梅芳 八十二字　或加近字

雪初晴句陡覺寒將變韻已報梅梢暖叶日邊霜外句迤邐枝頭自柔軟叶嫩苞勻點綴句綠萼輕裁剪叶隱深心句未許清香散叶

漸融和句開欲遍叶密處疑無間叶天然標韻句不與群花鬥深淺叶夕陽波似動句曲水風猶懶叶最銷魂句弄影無人見叶

《九宮大成》入南詞黃鐘宮正曲。一名《早梅芳近》。

此與《早梅芳》小令、《早梅芳慢》及《早梅香慢》皆不同，宜加「近」字。

「自柔軟」，「鬥深淺」，必用去平仄。前後六、七兩句對偶，勿誤。「頭」字，《汲古》作「條」。

早梅芳近 八十二字

周邦彥

花竹深句房櫳好韻夜闃無人到叶隔窗寒雨句向壁孤燈弄餘照叶淚多羅袖重句意密鶯聲小叶正魂驚夢怯句門外已知曉叶

去難留句話未了叶早促登長道叶風披宿霧句露洗初陽射林表叶亂愁迷遠覽句苦語縈懷抱叶謾回頭句更堪歸路杳叶

此加「近」字，實是一調。前段次句三字，比李作少二字，蓋李之「陡覺」二字是襯字也。「正魂驚」句五字，各家同，比李作多二字。恐李作脫二字。《汲古》無「陡覺」二字，「魂驚」下空二格。「已」字用仄，結句平仄亦異。周別作於「堪」字用「滿」字，是以上作平，各家皆用平聲。「隔」、「向」、「淚」、「已」、「話」，「早」、「宿」可平。「門」可仄。

又一體 八十字　　呂渭老

畫簾深句妝閣小韻曲徑明花草叶風聲約雨句暝色啼鴉暮天杳叶染眉山帶碧句勻臉霞相照叶漸更衣對客句微坐自輕笑　醉紅明句金葉倒叶姿看還新好叶瑩注粉淚句滴爍波光射庭沼叶犀心通密語句珠唱翻新調句佳期定約秋了叶

結句六字，餘同周作。「注」字宜平，恐寫誤。

又一體 八十二字　　無名氏

冰唯清句玉唯潤句清潤無風韻叶此花風韻句自然清潤傳香粉叶故應春意別句不使凡英恨叶到春前臘後句長是寄芳信叶　此情閒句此意遠句一點縈方寸叶風亭水館句解與行人破離恨叶廣寒宮未有句姑射仙曾認叶向雪中豆月下吟未盡叶

見《梅苑》。换頭次句不叶韻，餘同周作。「恨」字重叶。

憶王孫 三十一字　一名豆黄葉　獨脚令　憶君王　畫蛾眉　闌干萬里心

秦　觀

萋萋芳草憶王孫韻柳外樓高空斷魂叶杜宇聲聲不忍聞叶欲黄昏叶雨打梨花深閉門叶

《太平樂府》注黄鐘宫，《太和正音譜》注仙吕宫，《九宫大成》入南詞仙吕調隻曲。《梅苑》詞名《獨脚令》。

謝克家詞名《憶君王》，吕渭老詞名《豆黄葉》，張輯詞有「一曲闌干萬里心」句，名《闌干萬裡心》。舊説一名《怨王孫》。北曲《詞林萬選》云：《一半兒》，即是此調。愚按：《一半兒》是仄韻，且曲名，故不注。

《草堂詩餘》作李重元，《詞律》因之。《歷代詩餘》作李甲。愚按：李甲字景元，「重」字或是「景」字之訛。或云是「重光」之訛，未確。今據《汲古·淮海詞》訂正。當時黨禁甚嚴，淮海詩文皆嫁名於人，久假不歸。伊於胡底詞中誤寫人名調名，大率類此。歐陽公詞爲尤甚。在宋時已覺涇渭難分，均宜詳細辨正。

陸游詞有「畫蛾眉勝舊時」句，名《畫蛾眉》。「柳」、「杜」、「不」、「雨」可平。「萋」、「芳」、「空」、「深」可仄。

海棠春 四十八字　或加令字　一名海棠花

流鶯窗外啼聲巧韻睡未足豆把人驚覺叶翠被寒輕句寶篆花烟裊叶　宿酲未解宫娥報叶道别

院豆笙歌會早叶試問海棠花句昨夜開多少叶

《九宮大成》入南詞仙呂宮引，「春」作「花」。

史達祖詞加「令」字。馬莊父詞，因此詞句，名《海棠花》，此以結句立名。舊刻不載。「未」、「把」、「翠」、「寶」、「宿」、「未」、「別」、「試」可平。「流」、「笙」可仄。

又一體 四十六字

馬莊父

柳腰暗怯東風弱韻紅映鞦韆院落叶歸逐雁兒飛句斜撼珍珠箔叶　滿林翠葉胭脂萼叶不忍頻頻覷着叶護取一庭春句莫彈花間雀叶

前段次句皆六字。「彈」去聲。

醉鄉春 四十九字　一名添春色

喚起一聲人悄韻衾冷夢寒窗曉叶瘴雨過句海棠開句春色又添多少叶　社甕釀成微笑叶半缺瘻瓢共舀叶覺顛倒句急投牀句醉鄉廣大人間小叶

《九宮大成》入北詞雙角隻曲，一名《添春色》。又入南詞羽調正曲。

汲古《淮海詞》不書調名，後人取末句爲名。又因前結句，名《添春色》。

《冷齋夜話》云：少游在横州，飲於海棠橋。橋南北多海棠，有書生家於海棠叢間。少游醉宿於此，題詞壁間。又見陳思《海棠譜》云：東坡愛之，恨不是其腔。當有知之者耳。愚按：横州原作黄州，誤，今改正。「呂」字見《廣韻》上聲三十小部，以沼切。或改作「酌」，非。倒字偶合，非叶韻。「冷」字一作「暖」，或作「枕」。「窗」字作「空」，「缺」字作「破」，「瘦」字作「椰」，「顛」字作「傾」，或作「健」。

夜游宫 五十七字

何事東君又去韻滿空院豆落花飛絮叶巧燕呢喃向人語叶何曾解句説伊家句些子苦叶　況是傷心緒叶念個人豆久成睽阻叶一覺相思夢回處叶連宵雨句更那堪句聞杜宇叶

金詞注般涉調，《九宮大成》入南詞仙吕宫引，與南詞羽調正曲不同。又入北詞黄鐘調隻曲。此調前無作者。《陽春白雪》載陸維之詞，亦名《夜游宫》。實是《步蟾宫》，誤刻調名。説詳《步蟾宫》下。「又」、「向」、「説」、「子」、「夢」、「更」、「杜」等字，宜去聲，勿誤。「滿」、「巧」、「久」、「一」、「雨」可平。「何」、「人」、「相」、「連」可仄。「那」作平。

又一體 五十七字　吴文英

竹窗聽雨，從久隱幾就睡。既覺，見水仙娟娟於燈影中。

窗外梢溪雨響句映窗裡豆嚼花燈冷韻渾似瀟湘繫孤艇叶見幽仙句步凌波月邊影叶　香古欺寒勁叶牽夢繞豆滄濤千頃叶夢覺新愁舊風景叶紺雲欹句玉搔斜句酒初醒叶

首句不起韻。兩結用仄平仄，與秦作異。

新念別 五十七字

詠梅花　賀鑄

湖上蘭舟暮發韻揚州夢斷燈明滅叶想見瓊花開似雪叶帽檐香句玉纖纖句曾爲折叶　漁管吹還咽叶問何意豆煎人愁絶叶江北江南新念別叶掩芳樽句與誰同句今夜月叶

調見《詞綜》，以詞句立名。與《夜游宮》實是一調，故類列。

前段次句用上四下三，句法差異。「爲」去聲。

夢揚州 九十九字

晚雲收韻正柳塘花塢句烟雨初休叶燕子未歸句惻惻輕寒如秋叶小闌干外東風軟句透綉幃豆花密香稠叶江南遠句人今何處句鷓鴣啼破春愁叶　長記曾陪燕游叶酬妙舞清歌句麗錦纏頭叶

殢酒困花句十載因誰淹留叶醉鞭拂面歸來晚句望翠樓豆簾捲金鈎叶佳會阻豆離情正亂句頻夢揚州叶

此憶揚州而作，取末句爲名。他無作者。

兩第四、五句，用去上去平入仄平平平平，宜恪守。「載」字亦不可用去聲。「燕游」，「燕」字去聲。「花塢」二字各本無，據《詞緯》本補。「令」字各本亦缺，據葉《譜》補。「花密」二字作「陰密」。

青門飲百六字

贈妓

風起雲間句雁横天末句嚴城畫角句梅花三奏叶塞草西風句凍雲籠月句窗外曉寒輕透叶人去香猶在句孤衾長閒餘綉叶恨與宵長句一夜熏爐句添盡香獸叶　前事空勞回首叶雖夢斷春歸句相思依舊叶湘瑟聲沉句庾梅信斷句誰念畫眉人瘦叶一句難忘處句怎忍辜豆耳邊輕咒叶任人攀折句可憐又學句章臺楊柳叶

調見《詞譜》黄裳詞，名《青門引》。與張先《青門引》不同。汲古《淮海集》、《詞律》皆未載。

「盡」字必用去聲，勿誤。一本無「擁」字，葉《譜》作「擁孤衾」。

又一體 百六字　　曹組

幽靜烟沉句岸空潮落句晴天萬里句飛鴻南渡韻冉冉黃花句翠翹金鈿句還是倚風凝露叶歲歲青門飲句盡龍山豆高陽儔侶叶舊賞成空句回首舊游句人在何處叶　此際誰憐萍泛句空自感光陰句暗傷羈旅叶醉裡悲歌句夜深驚夢句無奈覺來情緒叶孤館昏還曉句厭時聞豆南樓鐘鼓叶但淚眼臨風句腸斷望中歸路叶

調見《陽春白雪》。或云：以詞中語立名，但秦在曹前，當是秦創。

換頭句不叶韻。結句一五、一六字，比秦作少一字。《陽春白雪》無「但」字，據《歷代詩餘》補。「鈿」去聲。

鼓笛慢 百六字

亂花叢裡曾攜手句窮艷景句迷歡賞叶到如今誰把豆雕闌鎖定句阻游人來往叶好夢隨春遠句從前事豆不堪思想叶念香閨正杳句佳嘆未偶句難留戀豆空惆悵叶　永夜嬋娟未滿句嘆玉樓豆幾時重上叶那堪萬里句卻尋歸路句指陽關孤唱叶苦恨東流水句桃源路豆欲回雙槳叶仗何人句細與叮嚀問呵句我如今怎向叶

《宋史·樂志》云：法曲、龜茲、鼓笛三部，凡二十有四曲。《金史·樂志》云：女真，其樂惟《鼓笛》，其歌惟《鷓鴣曲》。第高下長短，如鷓鴣聲而已。

此與《鼓笛令》無涉，故分列。葉《譜》列《水龍吟》後，注細玩其意實乃《水龍吟》別體。《淮海詞》亦列在《小樓連苑》之後。蓋非攤破、添字兩體，故立新名耳。愚按：詞中相仿之調甚多，既明立調名，何得強合。惟吕渭老一首與《水龍吟》無二，應是别名。此爲《鼓笛慢》正調，故分列。餘詳《水龍吟》下。

「阻游人」句是一領四字句法，後段同。「闌」字，葉《譜》作「鞍」。

金明池 百二十字　一名昆明池

瓊苑金池句青門紫陌句似雪楊花滿路韻雲日淡豆天低晝永句過三點豆雨點細雨叶好花枝豆半出牆頭句似悵望豆芳草王孫何處叶更水繞人家句橋當門巷句燕燕鶯鶯飛舞叶　怎得東君常爲主叶把緑鬢朱顏句一時留住叶佳人唱豆金衣莫惜句才子倒豆玉山休訴叶況春來豆倍覺傷心句念故國情多句新年愁苦叶縱寶馬嘶風句紅塵拂面句也只尋芳歸去叶

《綱目》云：宋太宗太平興國七年，廷美欲圖帝幸西池。注：即金明池，在開封府城西南。宋德壽出游，修舊京金明池故事。王士正《分甘餘話》云：《石林燕語》：瓊林苑、金明池，每二月命士庶縱觀，謂之開池。

李彌遜詞，名《昆明池》。

此調《汲古·淮海詞》不載。考公年譜，元祐七年壬申，公年四十四歲。先生作《西池宴集》詩、《金明池詞》。僧揮「天闊雲高」一首與此同。《詞匯》題曰《夏雲峰》，大誤。或云：即此調别名，更訛以傳訛矣。

《詞律》云：「兩點」二字，以上作平。僧揮亦用平，與後段同。「似悵望」二句，僧揮於「草」字句，可不拘。「飛」

字，集作「對」。「當」字，《詞譜》作「通」。「草」、「子」、「況」、「故」可平。「王」、「來」可仄。「爲」去聲。

解語花 百字

窗涵月影句瓦冷霜華句深院重門悄韻畫樓雲杪叶誰家笛句弄徹梅花新調叶寒燈凝照叶見錦帳豆雙鸞飛繞叶當此時句倚幾沉吟句好景都成惱叶　曾過雲山烟島叶對綉襦甲帳句親逢一笑叶人間年少叶多情子句惟恨相逢不早叶如今見了叶卻又惹許多愁抱叶算此情句除是青禽句爲我殷勤報叶

《王行詞》注林鐘羽，《九宮大成》入南詞羽調正曲，《詞名續解》云高平調曲。

《開元天寶遺事》云：明皇秋八月，太液池有千葉白蓮數枝盛開。帝與貴戚宴賞焉，左右皆嘆羨。久之，帝指貴妃示於左右曰：「爭如我解語花」。

此詞見《天籟軒詞譜》，而本集及各刻皆不載。或誤寫人名。姑繫於此。

「月」字，兩「此」字，宜仄聲。「逢」字，「烟」字、周邦彥作用仄。後結用上一下四字句法。「錦」、「倚」、「好」、「綉」、「甲」、「又」、「許」、「爲」可平。「深」、「雙」、「烟」、「親」、「逢」、「人」、「惟」、「相」、「除」可仄。「不」作平。「算」宜平。

又一體百一字　　施岳

雲容冱雪句暮色添寒句樓臺共臨眺韻翠叢深窅叶無人處豆數蕊弄春猶小叶幽姿謾好叶遙相望豆含情一笑叶花解語句因甚無言句心事應難表叶　莫待牆陰暗老叶趁琴邊月夜句笛裡霜曉叶護香須早叶東風度豆咫尺畫闌瓊沼叶歸來夢繞叶歌雲墜豆依然驚覺想恁時句小几銀屏冷未了叶

結處一三、一七字，比秦作少二字。

又一體百一字　　周密

羽調《解語花》，音韻婉麗，有譜而無其詞。連日春晴，風景韶媚，芳思撩人。醉捻花枝，倚聲成句。

晴絲罥蝶句暖蜜酣蜂句重簾捲春寂寂韻雨萼烟梢句壓闌干豆花雨染衣紅濕叶金鞍誤約宜叶空極目豆天涯草色叶閬苑玉簫人去後句惟有鶯知得叶　餘寒猶掩翠户句梁燕乍歸句芳信未端的叶淺薄東風句莫因循豆輕把杏鈿狼籍叶塵侵錦瑟叶殘日綠窗春夢窄叶睡起折花無意緒句斜倚鞦韆立叶

此詞用入聲韻，專屬羽調。與秦詞去上韻不同。第三句六字，比秦作多一字。前後第四句用平仄，不叶。「干」字、「循」字用平。「閬苑」句，「睡起」句，「殘日」句，如七言詩。換頭句不叶。第二、三句，一四、一五字，俱與秦作異。「約」字宜叶。「鶯」字，葉《譜》作「春」。「折花」二字，《詞潔》作「折枝」。

步蟾宮五十五字　一名折丹桂　釣臺詞

送侄赴省試　汪存

玉京此去春猶淺韻正雪絮豆馬頭零亂叶姮娥翦就綠去裳句待來步蟾宮與換叶　明年二月桃花岸叶雙槳浪平風暖叶揚州十里小紅樓句盡捲上豆珠簾一半叶

蔣氏《九宮譜目》入南呂引，《九宮大成》入南詞南呂宮引。

劉擬詞名《折丹桂》，與王之道正調不同。韓淲詞名《釣臺詞》。

此以第四句立名，與《夜游宮》無涉。與沈會宗《柳搖金》卻合。

《詞律》疑「雙槳」句誤落一字。

又一體五十九字　黃庭堅

蟲兒真個惡靈利韻惱亂得豆道人眼起叶醉歸來豆恰似出桃源句但目斷豆落花流水叶　不如

隨我歸雲際叶共作個豆住山活計叶照清溪句匀粉面句插山花句算終勝豆風塵滋味叶

前段第三句八字，後段第三句改作三句九字，與前異。

又一體五十七字　　楊无咎

九月二十六，夜宿周師從家。睡覺風雨作，有懷木犀。

桂花馥鬱清無寐韻覺身在豆廣寒宫裡叶憶吾家豆妃子舊游句瑞龍腦豆暗藏葉底叶　不堪午夜西風起叶更颼颼豆萬絲斜墜叶向曉來豆卻是給孤園句乍驚見黃金布地叶

前段第三句用上三下四句法，後段三句上三下五字，與前異。

又一體五十六字　　陸維之

東風捏就腰肢細韻繫六幅裙兒不起叶從來只慣掌中行句怎忍在燭花影裡叶　酒紅應是鉛華褪叶暗蹙損眉峰雙翠叶夜深著輛小鞋兒句靠那個屏風立地叶

此詞見《樂府雅詞》及《豹隱紀談》。《雅詞》名《夜游宫》，誤。今從《詞綜》改正。《宋詩紀事》云：陸永仲，字維之。一名凝之，字子才。今從《洞霄詩集》。

周遵道《豹隱紀談》云：此阮郎中贈妓詞也。《詞苑叢談》云：有名妓侍宴開府，一士人訪之，相候良久。遂賦《玉樓春》詞，投諸開府。開府見此詞，喜其纖麗，呼士人以妓與之。愚按：二說未知孰是，自當以《雅詞》爲是。《玉樓春》不作上三下四字句，是傳聞之誤。

此體前後整齊可從。鐘過一首與此同。「六幅」二字，《雅詞》作「滴粉」。「行」字作「看」，「著」字作「點」，「小」字作「綉」。

花心動 百四字　花一作好　或加慢字　桂飄香　上升花

詠梅　劉燾

偏憶江梅句有壓表豐儀句世外標格韻低傍小橋句斜出疏籬句似向隴頭曾識叶暗香孤韻冰霜裡句初不怕豆春寒邀勒叶問桃杏嬌姿句怎生向前爭得叶　省共蕭娘去摘叶玉纖映瓊枝句照人一色叶淡粉暈酥句多少飛來句到得壽陽宮額叶再三留待東君管句都將那豆別花不惜叶但只恐句高樓又三弄笛叶

金詞注小石調，元詞注雙調，《九宮大成》入南詞仙呂宮引。

《高麗史·樂志》加「慢」字，曹勛詞名《好心動》，曹冠詞名《桂飄香》；《鳴鶴餘音》名《上升花》。

「外」、「小」、「向」、「去」、「暈」、「又」、「弄」等字必仄聲，用去聲更妙。「杏嬌姿」三字，《梅苑》作「本盈門」，「飛來」二字作「工夫」，「將那」二字作「拚醉」。「嬌姿」下，《雅詞》多「瞞」字，「管」字上多「看」字，少「那」字，皆誤。「高樓」作「南樓」。「不」作平聲。

又一體百四字

周邦彦

簾捲青樓句東風滿句楊花亂飄晴晝韻蘭袂褪香句羅帳褰紅句綉枕旋移相就叶海棠花謝春融暖句偎人恁嬌波頻溜叶象牀穩豆鴛衾謾展句浪翻紅縐叶　一夜情濃似酒叶香汗漬鮫綃句幾番微透叶鸞困鳳傭句婭姹雙眼句畫也畫應難就叶問伊可煞於人厚句梅萼露胭脂檀口叶從此後叶纖腰爲郎管瘦叶

次三句一三、一六字。前結一三、兩四字，後結一三、一六字。「後」字叶韻，與前異。各家多從此體。「就」字重叶，「厚」字偶合，非叶。《樂府雅詞》有一首與此同，注云：得於江西歌者而不知名氏。「縐」、「瘦」等字與「杪」、「早」并叶，正江西音也，并非另體，故不録。《陽春》：無名氏作，於「海棠花謝」作「御柳宮花」，平仄異。

又一體百五字

荷花

趙長卿

緑水平湖句浸芙蕖爛錦句艷勝傾國韻半斂半開句斜立斜欹句好似困嬌無力叶水仙應赴瑶池宴句醉歸去豆美人扶策叶駐香駕句擁波心句媚容艷妝顔色叶　曾見苕川澄碧叶匀粉面句溪頭舊時相識叶翠被綉裀句彩扇香籌句度歲杳無消息叶露痕滴盡風前淚句追往恨豆悠悠踪迹叶動

怨憶叶多情自家賦得叶

前結兩三、一六字，比各家多一字。後段二、三句，一三、一六字亦異。餘同周作。

又一體百四字

客中見寄暖香書院　趙長卿

風軟寒輕句暗香飄撲面句無限清楚韻乍淡乍濃句應想前村句定是早梅初吐叶馬兒行過坡兒下句危橋外豆竹梢疏處叶半斜露叶花花蕊蕊句燦然滿樹叶　一晌看花凝佇叶因念我西園句玉英真素叶最是繫心句婉娩精神句伴得水雲仙侶叶斷腸沒奈人千里句無計向豆釵頭頻覷叶淚如雨叶那堪又還日暮叶

後段第四句平仄微異。「露」字、「雨」字俱叶韻。

又一體百四字

七夕　張元幹

水館風亭句晚香濃句一番芰荷新雨韻簟枕乍閒句襟裾初試句散盡滿天袢暑叶斷雲卻送輕雷

去句疏林外玉鉤微吐叶夜漸永豆秋驚敗葉句涼生庭户叶　天上佳期久阻叶銀河畔仙車句縹緲雲路叶舊怨未平句幽歡□駐句恨入半天風露叶綺羅人散金猊冷句醉魂到豆華胥深處叶洞户悄叶南樓畫角自語叶

前段同周作，後段同趙作。惟「悄」字不叶韻，前後第五句平仄異。「幽歡」下當是「難」字。

又一體百四字　劉鎮

鳩雨催晴句遍園林句一番緑嬌紅媚韻柳外金衣句花底香鬚句消得艷陽天氣叶障泥步錦尋芳路句稱來往豆縱橫珠翠叶笑攜手豆旗亭問酒句更酬春思叶　還記叶東山樂事叶向歌雪香中句伴春沉醉叶粉袖殢人句彩筆題詩句陶寫老來風味叶夜深銀燭明如晝句待歸去豆看承花睡夢雲散句屏山半熏沉水叶

換頭第二字叶韻，餘同周作。

又一體百二字　蟾英諸葛章妻

忽睹菱花句這一成句減卻風流顔色韻鄰姬戲問句愧我爲羞句無語低頭寥寂叶珠淚紛紜和粉

垂句襟袂舊痕乾又濕叶感起愁懷句堆堆積積叶杜宇催春急叶　烟籠花柳句粉蝶難尋覓叶紫燕喃喃句黃鶯恰恰句對景脂消香浥叶篆烟將盡句愁未休息叶若得御溝玻璃碧叶教紅葉往來句傳個消息叶

前段第七、八句七字，前結兩四、一五字，後起一四、一五字。六、七、八句各兩四、一七字，與各家全異，平仄亦多不同。此另體也。

錦堂春 四十八字

趙令畤

樓上縈簾弱絮句牆頭礙月低花韻年年春事關心事句腸斷欲棲鴉叶　舞鏡鸞衾翠減句啼珠鳳蠟紅斜叶重門不鎖相思夢句隨意繞天涯叶

《九宮大成》入南詞大石調引，又入南詞正宮引。

《詞律》因舊説一名《烏夜啼》，遂并爲一調。考此調起二句皆六字，各家多用對偶，與《烏夜啼》五字句起不同，決非一調。此皆誤寫調名之故，今分列。「礙」、「鳳」、「不」可平。「樓」、「牆」、「年」、「春」、「腸」、「啼」、「重」、「隨」可仄。

又一體五十九字

留春　　程珌

最是春來句苦多風雨韻只恁匆匆歸去叶看游絲豆都不恨句恨秦淮新漲句向人東注叶　醉裡仙人句惜春曾賦叶卻不解豆留春且住叶問何人豆留得住句怕小山更有句碧蕪春句叶

此用仄韻，句法與各家迥異。「留得住」「住」字偶合，非叶韻。「春來」「春」字，《汲古》、《詞律》作「元」，「多」字作「無」，皆誤。

詞繫卷十六

宋

天門謠 四十五字

登採石蛾眉亭　　賀鑄

牛渚天門險韻限南北豆七雄豪佔叶清霧斂叶與閒人登覽叶　待月上潮平波灩灩叶塞管輕吹新阿濫叶風滿檻叶歷歷數豆西州更點叶

此以首句爲名。《碧鷄漫志》名《朝天子》，惟前段第三句少一字。名是創製，宜分列。

前結句是一領四字，後起句是一領七字，句法勿誤。

「更點」，李之儀和詞用「數點」。《詞律》注可平，宜用平，故不注。

「阿濫」，曲名有《阿濫堆》。詳見《逸調備考》。

青玉案六十七字　一名西湖路

春暮題横塘路

凌波不過横塘路韻但目送豆芳塵去叶錦瑟年華誰與度叶月臺花榭句綺窗朱户叶惟有春知處叶　碧云冉冉蘅臯暮叶彩筆空題斷腸句叶試問閒愁添幾許叶一川烟草句滿城風絮叶梅子黄時雨叶

《中原音韻》注雙調，《太和正音譜》注高平調，蔣氏《九宫譜目》入中吕引子。許《譜》。入南詞中吕宫引。韓淲詞有「蘇公堤上西湖路」句，名《西湖路》。

《中吴紀聞》云：鑄有小築，在姑蘇盤門之内十餘里，地名横塘。方回往來其間，作此詞。《竹坡詩話》云：賀方回《青玉案》詞有「梅子黄時雨」之句，人皆服其工。士大夫謂之賀梅子。

此詞和韻者甚衆，想是創製。歐雖在前，當列在賀鑄下。

「斷腸」句三字，必用去平仄。各家皆然，勿誤。「户」字、「絮」字，和韻者多不叶。黄庭堅叶。「語」字、「浦」字，不和原韻。李清照一首亦和韻，於次句作「莫便匆匆歸去」，不於三字逗。「臺」字一作「樓」，一作「橋」。「榭」字一作「院」。「月臺」句，一作「小橋幽徑」。「綺」字一作「鎖」，「惟」字一作「只」，「空」字一作「新」，「添」字一作「都」，或作「知」，「風」字一作「飛」，各本多不同。惟「暮」字一作「閉」，失韻。

又一體六十八字　一名一年春

歐陽修

一年春事都來幾韻早過了豆三之二叶綠暗紅嫣渾可事叶垂楊庭院句暖風簾幕句有個人憔悴叶　買花載酒長安市叶又爭似家山見桃李叶不住東風吹客淚叶相思難表句夢魂無據句惟有歸來是叶

因起句又名《一年春》。後段次句八字，「又」字是襯字也。第五句皆不叶韻。

又一體六十八字

晁補之

十年不向東門道韻信匹馬豆羞重到叶玉府驂鸞猶年少叶宮花頭上句御爐烟底句常日朝回早叶　霞觴翻手群仙笑叶恨塵土人間易春老叶白髮愁占彤庭杳叶紅牆天阻句碧壕烟鎖句細雨連芳草叶

「猶年少」、「彤庭杳」皆用平平仄，與《賀新涼》之第四、七句同。餘同歐作。

又一體六十七字

晁補之

三年宋玉牆東畔韻恠相見叶常低面叶一曲文君芳心亂叶匆匆依舊吹散叶月淡梨花館叶　秋娘苦妬浮金盞叶漏此子堪猜是嬌盼叶歸去相思腸應斷叶五更無寐句一懷好事句依舊藍橋遠叶

前段次句叶韻，五句六字亦叶。後段同前作。

又一體六十六字

送兄山谷謫宜州

黃知命

千峰百嶂宜州路韻天黯淡豆知人去叶曉別吾家黃叔度叶弟兄華髮句遠山修水句異日同歸處叶　長亭飲散樽罍暮叶寫別語豆不成句叶已斷離腸能幾許叶水村山郭句夜闌無寐句聽盡空階雨叶

此和賀韻。後段次句六字，與前段同。「水」字、「寐」字不叶韻。

又一體六十六字

壓波觴客　趙長卿

結堂雄佔雲烟表韻萬象争呈巧叶老木參天溪四繞叶亂山横秀句一湖澄照叶天付陰晴好叶

夜空唤客清樽倒叶明月飛來上林杪叶涼滿九霄風露浩叶酒慵起舞句一聲清嘯叶平壓波聲小叶

前次句五字，後次句七字，兩五句叶韻，與前各家異。

又一體六十六字

史達祖

蕙花老盡離騷句韻緑染遍豆江頭樹叶日午酒消聽驟雨叶青榆錢小句碧苔錢古叶難買君住叶

官河不礙遺鞭路叶被芳草豆將愁去叶多定紅樓簾影暮叶蘭燈初上句夜香初炷叶猶是聽鸚鵡叶

與黄作同，惟兩五句叶韻。

又一體六十八字

被檄出郊題陳氏山居　張榘

西風亂葉溪橋樹韻秋在黃花羞澀處叶滿袖塵埃推不去叶馬蹄濃露句鷄聲淡月句寂歷荒村路叶　身名多被儒冠誤叶十載重來漫如許叶且盡清樽公莫舞叶六朝舊事句一江流水句萬感天涯暮叶

前後次句俱七字，與各家異。「維」字，葉《譜》作「吹」。

又一體六十六字　張炎

萬紅梅裡幽深處韻甚杖履豆來何暮叶草帶湘香穿水樹叶塵留不住叶雲留卻住叶壺內藏今古叶　獨清懶入終南去叶有忙事豆修花譜叶騎省不須重作賦叶園中成趣叶琴中得趣叶酒醒聽風雨叶

兩次句各六字，兩四五句叠韻。張詞每多叶韻，亦巧法也。

又一體六十三字　　李孝光

兒童齊唱民安作韻問底事豆來何暮叶酷似當年廉叔度叶春風千里句緑到棠陰處叶　玉壺清貯金莖露叶翻向人間作霖雨叶今日東甌成樂土叶清都虎豹句借恂無計句衮職須君補叶

見《玉峰集》。前結少一四字句，不知是脱誤否。各家俱無此體。「作」去聲。

獻金杯六十六字　獻一作厭

風軟香遲句花深漏短韻可憐宵豆畫堂春半叶碧紗窗影句捲帳蠟燈紅句鴛枕畔叶密寫烏絲一段叶　拾翠沙空句採蘋溪晚叶儘愁倚豆夢雲飛觀叶木蘭艇子句幾日渡江來句心目斷叶桃葉青山隔岸叶

調見《樂府雅詞》、《花草粹編》、《詞緯》。無他作者。《詞律》未收。「獻」各本作「厭」。今從《雅詞》。換頭二句，各本皆倒轉。此詞前後段相對，「晚」字是叶韻，與前「短」字同。今從《詞緯》本訂正。「觀」去聲。

兀令 八十四字

盤馬樓前風日好韻雪消塵掃叶樓上宮妝早叶認簾箔微開句一面嫣妍笑叶攜手別院重廊句窈窕花房小叶任碧羅窗曉叶　間闊時多書問少叶鏡鸞空老叶身寄吳雲杳叶想轣轆車音句幾度青門道叶佔得春色年年句隨處隨人到叶恨不如芳草叶

調見《東山寓聲樂府》。無他作者。《詞律》失收。

兩結句是一領四字句法。「任碧羅」句，一本屬下段，誤，今訂正。

金人捧露盤 八十一字 金一作銅 一名上平西 上西平 西平曲 上平南

控滄江句排青嶂句燕臺涼韻駐彩仗豆樂未渠央叶岩花磴蔓句妬千門豆珠翠倚新妝叶舞筵歌悄句恨風流豆不管餘香叶　繁華夢句驚俄頃句佳麗地句指蒼茫叶寄一笑豆何與興亡叶量船載酒句賴使君豆相對兩胡牀叶緩調清管句更爲儂豆三弄斜陽叶

金詞注越調。《九宮大成》入南詞越調正曲，許《譜》同。

「金人」一作「銅人」。程垓詞名《上平西》，張元幹詞名《上西平》，又名《西平曲》。劉之昂詞名《上平南》。

「筵」字葉《譜》作「閒」。

又一體　七十九字　一名上平西　　程垓

愛春歸句憂春去句爲春忙韻旋點檢豆雨障雲妨叶遮紅護緑句翠幃羅幕任高張叶海棠明月杏花天句更惜濃芳叶　喚鶯吟句招蝶拍句迎柳舞句倩桃妝叶盡呼起豆萬籟笙簧叶一觴一詠句盡教陶寫綉心腸叶笑他人世漫嬉游句擁翠偎香叶

《汲古》名《上平西》。第六句比賀作少一字，前後七言詩句。「杏花天」、「漫嬉游」，屬上句，不作上三下四字句。此體宋人多用之。《詞律》只收此體，前後遺去二體。韓玉一首結句六字是脱誤，不録。

又一體　七十九字　一名上西平　　張元幹

卧扁舟句聞寒雨句數佳期韻又還是豆輕誤仙姿叶小樓夢冷句覺來應恨我歸遲叶鬢雲鬆處句沉檀斜露泣花枝叶　名與利句空縈繫句添憔悴句謾孤淒叶得見了豆説與教知叶偎香倚暖句夜爐圍定酒温時叶任他飛雪句灑江天豆莫下層梯叶

《汲古》名《上西平》。

前後第六句作上三下四句，後段七句作七字詩句。前結亦作七字句，後結作上三下四句。《詞律》謂後起「名與利」三字不必學。此種三字句，如《滿江紅》體，平仄可不拘。

上西平 七十八字

會稽秋風亭觀雪　辛棄疾

九衢中句杯逐馬句帶隨車韻問誰解豆愛惜瓊華叶何如竹外句靜聽窣窣蟹行沙叶自憐是海句山頭種玉人家叶　紛如鬥句嬌如舞句才整整句又斜斜叶要圖畫豆還我漁蓑叶凍吟應笑句羔兒無分謾煎茶叶起來極目句向瀰茫豆數盡歸鴉叶

前結十字，與各家異。《詞律》謂「自憐是」一句內落一字。以後段比較，不知辛又一首作「夜來風雨，春歸似欲留人」，句法與此同。何嘗有誤，全憑臆改牽合。《詞律》一書，每坐此弊。況題是「觀雪」，「自憐是海」用銀海故事，下文「海山頭」三字連用，不成文理矣。

上平南 七十九字

劉之昂

蠻鋒搖句螳臂振句舊盟寒韻恃洞庭豆彭蠡狂瀾叶天兵小試句百蹄一飲楚江乾叶捷書飛上九重天句春滿長安叶　舜山川句周禮樂句唐日月句漢衣冠叶洗五州豆妖氣關山叶已平全蜀句風行何用一泥丸叶有人傳喜日邊路句都護先還叶

《九宮大成》入北詞越角隻曲。

《歸潛志》云：次霄有才譽。以先有劉昂，之昂故號小劉昂。泰和南征，作樂章一闋《上平西》，爲時所傳。《齊東野語》云：開禧用兵，金人元帥紇石烈子仁領兵駐濠梁，大書一詞於濠之倅廳壁間。詞名《上平南》，即《上平西》之調云。且云：子仁，蓋女真之能文者，故敢肆言無憚如此。愚按：二説未知孰是，但《歸潛志》繫金人劉京叔撰，必有據。紇石烈姓氏亦見《歸潛志》中。《詞品》以爲元將，誤。今從《歸潛志》作劉昂。《詞律》作《上西平》，誤。此調亦名《上平西》，句法微異。故類列。

馬家春慢百一字

珠箔風輕句綉簾浪捲句乍入人間蓬島韻鬥玉闌干句漸庭館豆玲瓏春曉叶天許奇葩貴品句異繁杏豆夭桃輕巧叶命化工豆傾國風流句□與一枝纖妙叶　樽前五陵年少叶縱丹青異格句難仿顔貌叶惹露凝烟句困紅嬌額句微顰低笑叶須信濃香易歇句更莫惜豆醉攀吟繞叶待舞蝶游蜂句細把芳心都告叶

見《東山樂府》。餘無作者，自是創製。《詞律》失收。

「貴」、「仿」、「異」三字仄聲，勿誤。「妙」字原作「巧」字，重叶，今從《詞譜》改正。「玲瓏」二字，《梅苑》作「簾櫳」，「仿」字作「别」，「惹」字作「悲」，誤。「風流」下空一格，當缺一字。

石州引百二字　一名柳色黄　石州慢

薄雨收寒句斜照弄晴句春意空闊韻長亭柳色纔黄句倚馬何人先折叶烟横水漫句映帶幾點歸

鴻句平沙消盡龍沙雪叶猶記出關來句恰如今時節叶　將發叶畫樓芳酒句紅淚清歌句便成離別叶回首經年句杳杳音塵都絶叶欲知方寸句共有幾許清愁句芭蕉不展丁香結叶憔悴一天涯句兩厭厭風月叶

唐樂府名。《羯鼓録》屬太簇角，《宋史·樂志》越調大曲名。《樂苑》云商調曲，又有《舞石州嬌紅傳》作《石州引》。

此調創自蔡伯堅，又名《柳色黃》，大曲也。愚按：太簇角即俗名中管高大石角。

《唐書·地理志》云：石州昌化郡，本離石郡，天寶元年更名。《輿地廣記》云：後周改爲石州郡。

此調自是賀製。蔡是南宋初人，在後，舊説訛誤。因第四句故名《柳色黃》，蔡松年詞名《石州慢》，謝懋詞名《石州引》。《能改齋漫録》云：方回眷一姝，別久，姝寄詩云：「獨倚危闌淚滿襟，小園春色懶追尋。深思縱似丁香結，難展芭蕉一寸心。」賀因所寄詩語，賦成此詞。

《碧鷄漫志》云：賀方回《石州慢》，予舊見其稿。「風色收寒，雲影弄晴」改作「薄雨收寒，斜照弄晴」。又「冰垂玉筯，向午滴瀝檐楹，泥融消盡牆陰雪」，改作「烟横水際，映帶幾點歸鴻，東風消盡龍沙雪」。

「弄意」二字必去聲，各家同。兩結兩五字句，上是上二下三，下是上一下四字句法。均勿誤認。《詞律》及各本與《樂府雅詞》字句大異，今從《雅詞》訂正。各家俱用入聲韻。《圖譜》收謝懋《石州引》一首，遺落二字，并無此體。

「杳」、「欲」、「幾」可平。「何」、「猶」、「憔」可仄。

石州慢 百二字

張元幹

寒水依痕句春意漸回句沙際烟闊韻溪梅晴照生香冷蕊句數枝争發叶天涯舊恨句試看幾許消

魂句長亭門外山重叠叶不盡眼中青句是愁來時節叶　情切叶畫樓深閉句想見東風句暗消肌雪叶辜負枕前雲雨句樽前風月叶心期切處句更有多少淒涼句殷勤留與歸時說叶到得再相逢句恰經年離別叶

前段第四、五、六句各四字，此破句法也。後段五、六句上六下四字，可不拘。

又一體百二字

高麗使還日作　蔡松年

雲海蓬萊句風霧鬢鬟句不假梳掠韻仙衣捲盡雲霓句方見宮腰纖弱叶心期得處句世間言語非真句海犀一點通寥廓叶無物比情濃句覓無情相博叶　離索叶曉來一枕餘香句酒病賴花醫卻叶灩灩金樽句收拾新愁重酌叶片帆雲影句載將無際關山句夢魂應被楊花覺叶梅子雨絲絲句滿江干樓閣叶

換頭第二、三句皆六字，亦破句也。與賀作異，平仄亦不同。「捲」、「片」、「載」可平。「仙」、「無」、「雲」可仄。

又一體百二字

書所見寄子野公明　　張炎

野色驚秋句隨意散愁句踏碎黃葉韻誰家籬下句閒心似語句試妝嬌怯叶行行步影句未教背寫句腰肢一捻叶猶立門前雪叶依約鏡中春句又無端輕別叶　癡絕叶漢皐何處句解珮何人句底須情切叶空引東鄰句遺恨丁香空結叶十年舊夢句尚餘恍惚雲窗句可憐不是舊時蝶叶深夜醉醒來句好一庭風月叶

前段第六、七、八、九句，三四字、一五字，與賀、吴二作異。後段同賀作。

又一體九十四字

和黃一峰秋興　　張雨

落日空城禾黍句夜深砧杵纔歇韻怪他蘿薜絺衣句風露潤滋涼浹叶清愁多少句只消目送飛鴻句五弦已是心悲咽叶把酒問青天句又中秋時節叶　聞説叶謫仙去後句何人敢擬句酒豪詩傑叶草草山窗句還我舊時明月叶書帷冷落句閒文閒字偏情熱叶孤負楮先生句有一庭紅葉叶

前起兩六字句，與各家異。「冷落」下少一句六字，或是誤筆，抑係遺脱。「怨」字不宜用去，當是「愁」字之訛。

望湘人百七字

春思

厭鶯聲到枕句花氣動簾句醉魂愁夢相半韻被惜餘薰句帶驚剩眼句幾許傷春春晚叶淚竹痕鮮句佩蘭香老句湘天濃暖叶記小江豆風月佳時句屢約非烟游伴叶　須信鸞弦易斷叶奈雲和再鼓句曲終人遠叶認羅襪無踪句舊處弄波清淺叶青翰棹檥句白蘋洲畔句儘目臨皋飛觀叶不解寄豆一字相思句幸有歸來雙燕叶

此調他無作者，以詞語爲名，平仄無可改易。「動」、「夢」、「易」三字必去聲，勿誤。「皋」字，《詞律》作「高」，一本缺「淺」字，皆誤。「目」字作「日」。「翰」平聲。

薄倖百八字

憶故人

淡妝多態韻更滴滴豆頻回盼睞叶便認得豆琴心先許句欲綰合歡雙帶叶記畫堂豆風月逢迎句輕顰淺笑都無奈叶待翡翠屏開句芙蓉帳掩句羞把香羅偷解叶　自過了豆燒燈夜句都不見豆踏青挑菜叶幾回憑雙燕句叮嚀深意句往來翻恨重簾礙叶知何時再叶正春濃酒暖句人閒晝永無聊

賴叶懨懨睡起句猶有花梢日在叶

《九宮大成》入南詞南呂宮引。

「盼日」二字，各家俱仄聲。上「滴」字、「合」字、「踏」字，各家俱平聲。「幾回憑雙燕」句，平仄各家不同。呂渭老作「如今但暮雨」，韓元吉作「任鷄鳴起舞」，沈端節作「閑愁消萬縷」。只毛開作與此同。「正春濃」下十二字，呂、沈兩作一三、一四、一五字。句法不同，平仄無殊，皆可不拘。前結《詞綜》作「向睡鴨爐邊，翔鴛屏裡」。後起缺「夜」字，《詞律》作「後」字。「都」字，《詞潔》作「嬌」，「偷」字作「暗」，「翻」字作「卻」，「知」字作「約」，「暖」字作「困」。「滴滴」二字，葉《譜》作「的的」，「欲綰」二字作「與綰」。「淡」、「認」、「欲」、「帳」、「自」、「幾」、「酒」、「晝」可平。「雙」、「芙」、「羞」、「偷」、「都」、「憑」、「知」、「猶」可仄。「滴」、「合」、「踏」作平。「過」去聲。

小梅花 百十四字 一名梅花引

縛虎手韻懸河口叶車如鷄棲馬如狗叶白綸巾換平撲黃塵平叶不知我輩句可是蓬蒿人叶平衰蘭送客咸陽道三換仄天若有情天亦老三叶仄作雷顛四換平不論錢四叶平誰問旗亭句美酒斗十千四叶平

斟大斗五換仄更爲壽五叶仄青鬢常青古無有五叶仄笑嫣然六換平舞翩翩六叶平當壚秦女句十五語如絃六叶平遺音能記秋風曲七換仄事去千年恨猶促七叶仄攬流光八換平繫扶桑八叶平争奈愁來句一日卻爲長八叶平

唐大角曲，有《大梅花》、《小梅花》等曲。《中原音韻》注越調，本笛曲也。《九宮大成》入北詞越角隻曲，又入南詞高大石調引。

《詞名續解》云：此梅花水調也。太白有「羌笛梅花引」句。此調凡八換韻，平仄互用，前無作者。萬俟雅言、高憲皆分此調之半。《詞律》云：合前調之兩段爲一，復加一叠。又注云：一名《貧也樂》。愚按：賀、向皆在北宋，高憲、王特起，金人，當南宋之初，如何數十年前預加一叠乎？明係先有此調，賀名《小梅花》，向名《梅花引》，而後減一叠，改名《貧也樂》也。不考時代，顛倒次序，語殊無據。信乎！讀書者不可以不論其世也。「可」字，一本作「不」，「斟」字作「酌」，「更」字作「起」，「翩翻」二字作「翩然」，或作「翩翩」。「常青古無有」五字作「泰古有無有」，誤。「縛」、「虎」可平。

梅花引 百十四字

向子諲

花如頰韻梅如葉叶小時笑弄階前月叶最盈盈換平最惺惺叶平閒愁未識句無計説深情叶平一年空省春風面三換仄花落花開不相見三叶仄要相逢四換平得相逢四叶平須信靈犀句中自有心通四叶平同杯杓五換仄同斟酌五叶仄千愁一醉都忘卻五叶仄花陰邊六換平柳陰邊六叶平幾回擬待句偷憐不成憐六叶平傷春玉瘦慵梳掠七換仄拋擲琵琶閒處着七叶仄莫猜疑八換平莫嫌遲八叶平鴛鴦翡翠句終日一雙飛八叶平

《古今詞話》云：向子諲有《梅花引》，戲代李師周作。即所傳「花如頰，眉如葉」是也。

此體《汲古》分兩闋，與賀作句法同，平仄略異。

《詞律》所論或從向，或從賀，未免騎牆之見。余謂古人製詞，必協音律。作者從其一體，切勿參雜。故備録，不注可平可仄。

又一體百十三字　　無名氏

園林靜韻蕭索景叶寒梅漏洩東君信句探春回叶探春回叶平四時卻被句伊家苦相催叶平江村畔三換仄開爛熳三叶仄看看又近年光晚三叶仄綻芬芳四換平噴清香四叶平壽陽宮裡句愛學靚梳妝四叶平　夭桃紅杏句誇顏色五換仄爭似情懷雪中折五叶仄冒嚴寒六換平冒嚴寒六叶平游蜂戲蝶句莫作等閒看六叶平故人別後花何處七換仄春色嶺頭逢驛使七叶仄贈新詩八換平折高枝八叶平樓上一聲句羌管不須吹八叶平

見《梅苑》。前段後半與後段前半句法互換，此變體也。「使」字是借叶。又劉均國一首，後段結處少一三字句。是遺脫，故不録。

又一體五十七字　　萬俟詠

曉風酸韻曉霜乾叶一雁南飛人度關叶客衣單叶客衣單疊叶千里斷魂句空歌行路難叶　寒梅驚破前村雪換仄寒鴉啼落西樓月叶仄酒腸寬叶平酒腸寬疊叶家在日邊句不堪頻倚闌叶平

《歷代詩餘》云：本笛曲也，亦名《小梅花》。

此用賀之一段，分爲兩叠也。起三句用平韻，與賀、向兩作異。「客衣單」、「酒腸寬」，各叠一句。「斷」字、「日」字作去聲，「行」字、「頻」字，平聲，宜從。或謂「魂」字、「邊」字亦是叶，可通。

貧也樂 五十七字

高憲

六國擾韻三秦掃叶初謂商山遺四老叶馳單車換平致緘書叶平裂荷焚芰句接武曳長裾叶平　高陽真得杯中趣三換仄身到醉鄉安穩處三叶仄生忘形四換平死忘名四叶平二豪侍側句劉伶初未醒四叶平

高別首有「須信在家貧也樂」句，故名。

《詞統》云：王庭筠，字子端。讀書黄華山寺，好賦《梅花引》。高憲，字仲常，庭筠之甥。有舅氏風，亦好賦《梅花引》，後改名《貧也樂》。

此亦用賀作之半調，但起韻用仄，凡四換韻，與萬俟詠作不同。王特起一首與此同，只前三句、七句平仄異，與向作後段同。

上林春令 五十三字

十一月三十日見雪

毛滂

蝴蝶初翻簾繡韻方玉女豆齊回舞袖叶落花飛絮濛濛句長憶着豆灞橋別後叶　濃香鬥帳自永漏叶任滿地豆月深雲厚叶夜寒不近流蘇句祇憐他豆後庭梅瘦叶

《宋史·樂志》宋太宗製，中呂宮。周密天基聖節，排當樂次，奏《上林春引子》。楊无咎詞無「令」字。
《詞律》所録楊无咎詞，脱落二句又一字。并非有此體。「方」字，《汲古》作「萬」。「舞」、「落」、「自」、「滿」、「月」、「夜」、「祇」可平。「方」、「齊」、「飛」、「濃」、「他」可仄。

散餘霞 四十五字

牆頭花蕊寒猶噤韻放綉簾晝静叶簾外時有蜂兒句趁楊花不定叶　闌干又還獨憑叶念翠低眉暈叶春夢枉斷人腸句更懨懨酒病叶

《詞名續解》云：一名《餘霞》，無據，當遺一字。四五字句，皆是一領四字句，勿誤。「蕊」字，《汲古》缺，今據《歷代詩餘》補。「斷」字作「惱」，亦誤。

遍地花 五十六字　花一作錦

孫守席上詠牡丹

白玉闌邊自凝佇韻滿枝頭豆彩雲雕霧叶甚芳菲綉得成團句砌合出豆韶華好處叶　暖風前豆一笑盈盈句吐檀心豆向誰分付叶莫與他豆西子精神句不枉了豆東君雨露叶

《花草粹編》注小石調，《九宮大成》入北詞小石角隻曲。

許《譜》入小石調，名《遍地錦》。吴任臣云：於古樂府爲林鐘商調。

《汲古》於「彩」字上多「新」字，《詞律》因之衍誤。「暖風」下，一本缺「前」字，於「吐」字句注叶，亦誤。

粉蝶兒 七十二字

雪遍梅花句素光都共奇絶韻到窗前豆認君時節叶下重幃香篆句冷蘭膏明滅叶夢悠揚句空繞斷雲殘月叶　沈郎帶寬句同心放開重結叶褪羅衣豆楚腰一捏叶正春風豆新著摸句花花葉葉叶粉蝶兒句這回共花同活叶

金詞注中吕調，《太和正音譜》注中吕宫，《九宮大成》入南詞注中吕宫引，又入北詞中吕調隻曲。此以後結句立名，與《粉蝶兒慢》不同。「雪」、「素」可平。「都」、「蘭」、「明」、「花」可仄。「一」、「葉」作平。

辛棄疾一首，换頭二句平仄微異。

又一體 七十二字

曹冠

繞舍清陰句還是暮春天氣韻遍蒼苔豆亂紅堆砌叶問春留不住句春怎知人意叶最關情豆雲杪杜鵑聲碎叶　休愁春歸句四時有花堪醉叶漸紅蓮豆艷妝依水叶次芙蓉岩桂句與菊英梅蕊叶稱

開樽豆日日殢香偎翠叶

前後第四、五句各五字，與前異。

又一體七十一字

蔣捷

啼鳩聲中句春光釀成春夢韻問東風豆仗誰持送叶燕憐晴豆鶯愛暖句一窗芳蘂叶奈匆匆句催他柳綿狂縱叶　輕羅小扇句桐花又飛幺鳳叶記寒吟豆沁梅霜凍叶古今人易老句莫閒雙鞚叶尚堪游句荼蘼粉雲香洞叶

「古今」句五字，比毛作少一字。《詞律》謂落一字，非，有七十一字體。曹詞亦作五字，臆斷未確。「釀」字，《汲古》作「化」，「風」字作「君」，「持」字作「時」，「蘂」字作「哄」。

最高樓八十二字

散後

微雨過句深院芰荷中韻香冉冉句繡重重叶玉人共倚闌干角句月華猶在小池東叶入人懷句吹鬢影句可憐風叶　分散去豆輕如雲與雪换仄剩下了豆許多風與月叶仄侵枕簟句冷簾櫳叶平剛老小

睡還驚覺句略成輕醉早惺忪叶平仗行雲句將此恨句到眉峰叶平

《九宮大成》入北詞中吕調隻曲。一名《醉高歌》，梁元帝有《醉高歌曲》。此調不知何人創始，與姚燧《醉高歌》不同。《詞譜》以柳富《醉高春》爲一調，愚按：前後兩起不同，似非别名。仍分列。

换頭用仄韻，自爲叶，各家同。「雪」字，《汲古》誤作「夢」，《詞律》遂謂另有此格，大謬。「雨」、「玉」、「共」、「月」、「鬢」、「散」、「下」、「許」、「小」、「略」可平。「輕」、「剛」可仄。

又一體八十二字

春恨

新睡起句熏過綉羅衣韻梳洗了句百般宜叶東風淡蕩垂楊院句一春心事有誰知叶苦留人句嬌不盡句曲眉低叶　謾良夜月圓空好意句恐落花流水終寄恨句悲歡往往相隨叶鳳臺凝望雙雙羽句高唐愁著夢回時叶又争如句遵大路叶合逢伊叶

後起二句不换仄韻叶，第三句不作兩三字句。

又一體八十三字

程垓

舊時心事句説着兩眉羞韻長記得句憑肩游叶緗裙羅襪桃花岸句薄衫輕扇杏花樓叶幾番行句幾

番醉句幾番留叶　也誰料豆春風吹已斷換仄又誰料豆朝雲飛亦散叶仄天易老句恨難酬叶平蜂兒不解知人苦句燕兒不解説人愁叶平舊情懷句銷不盡句幾時休叶平

起句四字，比毛作多一字。《汲古》缺「時」字，又缺「長」字。今從《歷代詩餘》本。

又一體八十一字

客有敗棋者代賦梅　辛棄疾

花知否句花一似何郎韻又似沈東陽叶瘦稜稜地天然白句冷清清地許多香叶笑東君句還又向句北枝忙叶　著一陣豆霎時間底雪換仄更一個豆缺些兒底月叶仄山下路句水邊牆叶平風流怕有人知處句影兒守定竹旁廂叶平且饒他句桃李趁句少年場叶平

前後第三句五字，與毛、程兩作異。

又一體八十四字

九日　司馬昂父

登高懶句且平地豆過重陽韻風雨又何妨叶問牛山悲淚又何苦句龍山佳會又何狂叶笑淵明句便

歸去句又何忙叶　也休説玉堂金馬樂換仄也休説竹籬茅舍惡仄叶花與酒豆一般香叶平西風莫放秋容老句時時留待客徜徉叶平便百年句渾是醉句幾千場叶

前段次句六字，三句五字，四句多一「問」字，與各家異。「便歸去」三字，一作「歸去來」。

又一體八十二字　　無名氏

梅花好句千萬君須愛韻比杏兼桃猶百倍叶分明學得嫦娥樣句不施朱粉天然態叶蟾宮裏句銀河畔句風霜耐叶　嶺上故人千里外叶寄去一枝君要會叶表江南倍相思曬叶清香素艷應難對句滿頭宜向樽前戴叶歲寒心句春消息句年年在叶

此用仄韻，見《梅苑》。

前後段第三句各七字，換頭兩句皆七字。不換韻，與毛作異。

八節長歡九十八字

送孫守公素

名滿人間韻記黃金殿句舊賜清閒叶才高鸚鵡賦句風凜惠文冠叶波濤何處試蛟鰐句到白頭豆猶

守溪山叶且做襲黃樣度句留與人看叶　桃溪柳曲陰圓叶離唱斷句旌旗卻捲春還叶襦褲寄餘温句雙石畔豆惟聞吏膽長寒叶詩翁去句誰細繞豆屈曲闌干叶從今後豆南來幽夢句應隨月度雲端叶

此調無他作者，自是創製。《詞律》云：「温」字宜叶，此借韻耳。愚按：毛又一首用真文韻，此處用「妍」字，不叶韻，可知非叶。此不以他作爲證之過也。「鰐」字別作用平，此以入作平也。「應」字，《詞律》作「夜」，「端」字，《汲古》作「湍」。據《詞譜》改正。「鶚」、「鰐」、「白」、「石」、「繞」可平。「名」、「黃」、「鸚」、「猶」、「襲」、「留」、「惟」、「翁」、「誰」可仄。

入塞 五十二字

程垓

好思量韻正秋風豆半夜長叶奈銀缸一點句耿耿背西窗叶衾又涼叶枕又涼疊叶　露華淒淒月半牀叶照得人豆真個斷腸叶窗前誰浸木樨黃叶花也香叶夢也香疊叶

琴曲名有《入塞》、《出塞》，皆作黃鐘商。又横吹曲名。

「夜」字、「半牀」之「半」字、「斷」字，必去聲。兩結疊韻，換頭句用四平聲，不可移易。或謂「缸」字是叶韻，非。

芭蕉雨 六十五字

雨過涼生藕葉韻晚庭消盡暑句渾無熱叶枕簟不勝香滑叶爭奈寶帳情生句金樽意愜叶　玉人

何處夢蝶叶思一見冰雪叶須寫個帖兒豆叮嚀說叶試問道豆肯來麽叶今夜小院無人句重樓有月叶

此調無他作者，想取本意爲名。葉《譜》爲蔣捷作，《竹山詞》不載，今從《詞律》。虞集一首與此不同，故另列。明人晏璧一首亦不同。

酷相思 六十六字

惜別

月掛霜林寒欲墜韻正門外豆催人起叶奈離別如今真個是叶欲往也豆留無計叶欲去也豆來無計叶馬上離情衣上淚叶各自個空憔悴叶問江路梅花開也未叶春到也豆須頻寄叶人到也豆須頻寄疊叶

《詞苑叢談》云：正伯與錦江某妓眷戀甚篤，別時作《酷相思》云云。《詞品》云：程正伯，東坡中表之戚。其《酷相思》、《四代好》、《折紅英》俱佳，故咸以詞名。獨尤尚書以爲正伯之文過於詞。

前後兩第三句是一領七字句，兩結叠句叶韻，與《入塞》體同，俱勿誤。「空」字，《汲古》作「供」。

瑶階草 八十字

空山子規叫句月破黄昏冷韻簾幕風輕句緑暗紅又盡叶自從別後句粉消香減句一春成病叶那堪晝閒日永叶 恨難整叶起來無語句緑萍破處池光净叶悶理殘妝句照花獨自憐瘦影叶睡來又

怕句飲來越醉句醒來卻悶叶看誰似我孤零叶

此調鮮他作者。《詞律》謂「日」字入作平，是。「越」字、「卻」字亦作平，失注。又云：「我」字可平，「閙」字不必注，可仄。「減」字，《汲古》作「膩」，誤。

雪獅兒 八十九字　一名獅兒詞

斷雲低晚句輕烟帶暝句風驚羅幕韻數點梅花句香倚雪窗搖落紅爐對謔叶正酒面豆瓊酥初削叶雲屏暖句不知門外句月寒風惡叶　迤邐慵雲半掠叶笑盈盈豆閒弄寶箏絃索叶暖極生春句已向橫波先覺叶花嬌柳弱叶漸倚醉要人扶着叶低告托叶早把被香薰卻叶

《九宮大成》入南詞南呂宮正曲。一名《鵲踏枝》與《蝶戀花》之別名不同。

張雨詞名《獅兒詞》。

此調前無作者。「要」字平聲。「扶」字，《汲古》作「摟」。

又一體 九十二字

賦梅次仇山村韻　張　雨

含香弄粉句便勾引豆游騎尋芳句城南城北韻別有西村句斷港冰澌微綠叶孤山路熟叶伴老鶴豆晚

先尋宿叶怕凍損句三花兩蕊句寒泉幽谷叶　幾番花影濯足叶記歸來醉卧句雪深平屋叶春夢無憑句鬢底鬧蛾爭撲叶不如圖幅叶相對展豆官奴風竹叶燒黃獨叶自聽瓶笙調曲叶

比前作多「便勾引」三字，餘同。「幅」字，各本作「畫」，《詞律》謂宜叶，今據《詞譜》改。「奴」字一作「梅」，「燒」字一作「挑」，「獨」字一作「燭」，皆誤。

惜黃花 七十二字

許沖元

雁聲曉斷韻寒霄雲捲叶正一枝開句風前看句月下見叶花佔千花上句香笑千香淺叶化工與豆最爭先裁剪叶　誰把瑤林句閒拋江岸叶恁素英濃句芳心細句意何限叶不恨宮妝色句不怨吹羌管叶恨天遠叶恨春來晚叶

金詞注仙吕調，《九宫大成》入北詞仙吕調隻曲。見《梅苑》。與《惜黃花慢》無涉，故另列。《蘇文忠公集》有次韻許沖元詩，是與蘇同時人，爵里俟考。前結句比後結多一字。「最」字疑衍。

又一體 七十字

九月七日定興道中

史達祖

涵秋寒渚韻染霜丹樹叶尚依稀句是來時句夢中行路叶時節正思家句遠道仍懷古叶更對着豆滿城

風雨叶　黄花無數叶碧雲欲暮叶美人兮句美人兮句未知何處叶獨自捲簾櫳句誰爲開樽俎叶恨不得豆御風歸去叶

《詞律》云：「稀」、「時」二字自相爲叶，兩「兮」字亦叶。恐未確。「數」字，葉《譜》作「語」。「捲」字一作「倚」。「爲」去聲。

夢玉人引八十四字　　沈會宗

追舊游處句思前事句儼如昔韻過盡鶯花句横雨暴風初息叶杏子枝頭句又自然豆别是般天色叶好傍垂楊句繫畫船橋側叶　小歡幽會句一霎時光景也堪惜叶對酒當歌句故人情分難覓叶山遠水長句不成空相憶叶這歸去重來句又卻是豆幾時來得叶

調見《樂府雅詞》。前無作者，各家多用入聲韻。《詞律》未收仄韻體，遺漏太多，未易闔數。「舊游」二字相連，各家同。惟朱敦儒用「浪萍風便」，不可從。前結句是一領四字句，勿誤。「舊」、「過」、「雨」、「暴」、「杏」、「别」、「好」、「一」、「霎」、「分」、「水」、「去」、「幾」可平。「般」、「時」、「光」、「情」、「山」、「成」、「又」可仄。

又一體八十四字　　李甲

漸東風暖句隴梅殘句霽雲碧韻嫩草柔條句又回江城春色叶乍促銀簽句便篆香豆紋蠟有餘迹叶愁

夢相兼句儘日高無力叶　這些離恨句依然是豆酒醒又如織叶料伊情懷句也應向人端的叶何故近日句全然無消息叶問伊看豆伊教人到此句如何休得叶

亦見《雅詞》。李與沈同時，不知何人創製。

後結一三、一五、一四字，與沈作異，餘同。「伊」宜仄。「應」平聲。「日」作平。

又一體 八十五字　　范成大

送行人去句猶追路句再三覓韻天末交情句長是合堂同席叶從此樽前句便頓然豆少個江南羈客叶不忍匆匆句少駐船梅驛叶　酒斟雖滿句尚少如豆別淚萬千滴叶欲語吞聲句結心相對嗚咽叶燈火淒清句笙歌無顏色叶縱別後豆儘相忘句算也難忘今夕叶

「便頓然」句九字，比前兩作多一字。後結兩三、一六字，亦微異。

又一體 八十二字　　呂渭老

上危梯望句畫閣迴句畫簾垂韻曲水飄香句小園鶯喚春歸叶舞袖弓彎句正滿城豆烟草淒迷叶結伴踏青句趁蝴蝶雙飛叶　賞心歡計句從別後豆無意到西池叶自檢羅囊句要尋紅葉留詩叶嫩約

無憑據句鶯花都不知叶怕人問句強開懷句細酌酴醾叶

此用平韻。「烟草」句四字，比沈、李兩作少一字。「嫩約」二句兩五字，多一字。結句少二字。《詞律》於「梯」字注起韻，大誤。蓋未見仄韻數體也。「望」字，《汲古》作「盡盡」，兩結多兩「一」字，「嫩」字作「懶」，皆誤。「晝」字葉《譜》作「綉」。

尋梅 六十字

今年早覺花信蹉韻想芳心豆未應誤我叶一月花徑幾回過叶始朝來豆尋見雪痕微破叶　眼前大抵情無那叶好景色豆只消些個叶春風爛漫都且可叶是而今豆枝上一朵兩朵叶

見《樂府雅詞》。後一首題作《不見》，調即《如夢令》。《尋梅》是題，如《催雪》之類。與各調皆不合，故仍其名。《梅苑》載亦同。

「嗟」字，《音韻集成》作去聲，「月」字入作平，「且」字，「朵」、「兩」二字，皆以上作平。「花」字一作「小」，「都」字作「卻」，「一朵」作「三朵」。「眼」、「色」、「只」可平。「尋」、「枝」可仄。

柳搖金 五十六字

相將初下蕊珠殿韻似醉粉豆生香未遍叶愛惜嬌心春不管叶被東風豆賺開一半叶　中黃宮裡

賜仙衣句鬥淺深豆妝成笑面叶放出嬌嬈難繫綰叶笑東君豆自家腸斷叶

《九宮大成》入南詞雙調正曲。調見《歷代詩餘》。無名氏注，一名《思歸樂》。考柳永《思歸樂》兩起句平仄不同，换頭句叶韻，故另列。《詞律》失收。葉《譜》作沈會宗。

此與《尋梅》相仿，只兩結七字，各少二字，後起句不叶韻。字句與《步蟾宮》亦相似，但兩三句，换頭句不叶，平仄亦不同。皆非一調。

「未」字、「笑」字宜去聲，「一」字以入作平。「黄」字，葉《譜》作「央」，誤。

望雲涯引八十三字

李甲

秋容江上句岸花老句汀蘋白韻露濕蒹葭句浦嶼漸增寒色叶閒漁唱晚句鷺雁驚飛處句映遠磧叶數點輕帆句送天際歸客叶　鳳臺人散句漫回首句沉消息叶素鯉無憑句樓上暮雲凝碧叶危樓静倚句時向西風下句認遠笛叶宋玉悲懷句未信金樽消得叶

只此一首，自是創製。「危樓静倚」四字，《詞律》缺，遂疑爲不全，今從《詞緯》增補。「汀蘋」二字，一作「蘋洲」，誤。

帝臺春九十六字

芳草碧色韻萋萋遍南陌叶飛絮暖紅句也知人豆春愁無力叶憶得盈盈拾翠侶句共攜賞豆鳳城寒食叶至今來豆海角逢春句天涯倦客叶　愁旋釋叶還是纖叶淚暗拭叶又偷滴叶漫倚遍危闌句儘黃昏句也只是豆暮雲凝碧叶拚則而今已拚了句忘則怎生便忘得叶又還問鱗鴻句試重尋消息叶

唐教坊曲名。《宋史·樂志》：琵琶獨彈曲破名，屬無射宮。《詞譜》：大石調。

此調無他作可證。「飛」字，《詞綜》作「暖」，「暖」字，《詞律》作「亂」。「也」字下，《詞律》多「似」字，「至」字作「到」，「倦」字作「行」，「倚遍」二字作「遍倚」。今從《樂府雅詞》訂正。《詞律》於「拾」字注作平，照後段亦宜用仄。「旋」字注去聲，亦未確。《圖譜》所注平仄全誤。起句《譜》於「碧」字起韻，下有「碧」字重韻。自依《詞律》「色」字起韻爲是。「盡黃昏」下，《詞律》於「也」字句，誤。此句當與前段同。「至今來」三字，葉《譜》作「到如今」，「似」字作「如」。

過秦樓百九字

賣酒壚邊句尋芳原上句亂紅飛絮悠悠韻已蝶稀鶯散句便擬把長繩句繫日無由叶漫道草忘憂叶也徒將豆酒解閒愁叶正江南春盡句行人千里句蘋滿汀洲叶　有翠紅徑裡盈盈侶句簇芳茵褉飲句時笑時謳叶當暖風遲景句任相將永日句爛漫狂游叶誰信盛狂中句有離情豆忽到心頭叶向樽

前擬問句雙燕來時句曾過秦樓叶

此以末句爲名，自是創製。且用平韻，句法與《選冠子》等調渺不相涉，斷無混同之理。皆因趙崇嶓一詞誤刻調名，遂謂有仄韻《過秦樓》曲爲之説，致啟紛紜之論。可謂一字之差，謬以千里也。今分列，餘詳《選冠子》，《惜餘春》下。前後第四、五句，皆一領四字句，换頭是一領七字句法，勿誤。「稀」字，葉《譜》作「飛」，兩「時」字俱作「宜」，「信」字作「料」。

八寶妝百十字

門掩黄昏句畫堂人寂句暮雨乍收殘暑韻簾捲疏星庭户悄句隱隱嚴城鐘鼓叶空街烟暝半開句斜月朦朧句銀河澄淡風凄楚叶還是鳳樓人遠句桃源無路叶　惆悵夜久星繁句碧雲望斷句玉簫聲在何處叶念誰伴豆茜裙翠袖句共攜手豆瑶臺歸去叶對修竹豆森森院宇叶曲屏香暖凝沉炷叶問對酒當歌句情懷記得劉郎否叶

蔣氏《九宫譜》注商角調。

此《八寶妝》正調，與陳允平九十九字體乃《新雁過妝樓》之别名不同，與張先《八寶妝》小令亦無涉。所謂《八寶妝》者，撮合八調而成，但不知所犯何調，俟考。李吕《澹軒集》亦載此詞。「半」字、「在」字定去聲，「鐘」字，集作「更」，「街」字作「階」。

八犯玉交枝 百十字 一名八寶玉交枝

招寶山觀月上　仇遠

滄島雲連句綠瀛秋入句暮景卻沉洲嶼韻無浪無風天地白句聽得潮生人語叶擎空孤柱叶翠倚高閣憑虛句中流蒼碧迷烟霧叶惟見廣寒門外句青無重數叶　不知是水是山句不知是樹叶漫漫知是何處叶倩誰問豆凌波輕步叶漫凝睇豆乘鸞秦女叶想庭曲豆霓裳正舞叶莫須長笛吹愁去叶怕喚起魚龍句三更噴作前山雨叶

《欽定四庫全書提要》云：即《八寶妝》。試取李詞合之，契若符節。愚按：八犯者，採合八曲集成，但不知所犯何調。與李甲《八寶妝》一一吻合，只「擎空孤柱」四字叶韻，下句六字，比李作上六下四字差異。「倚」字用仄，換頭句「不知」二字仄平，下「是」字用仄，「樹」字叶。「凌波輕步」亦叶韻，「凌」字、「輕」字用平，與李作異。餘則平仄悉合，自是一調。詞至南宋，調名至數百之多，可云備矣。後人自度新腔，不過錯綜變化，無能出其範圍。是以元人《解珮環》及此詞，雖易新名，體格與宋調仿佛。究不知空調可合一否。

「嶼」字，各本皆作「渚」，今從《詞林紀事》本較勝。「卻」字，葉《譜》作「欲」，「見」字作「是」，誤。

暮雲碧 百十九字

弔嚴陵

蕙蘭香泛句孤嶼潮平句驚鷗散雪韻迤邐點破句澄江秋色暝叶靄向斂句疏雨乍收句染出藍峰千

尺叶漁舍孤烟鎖寒磧叶畫鷁翠帆旋解句輕艤晴霞岸側叶正念往悲酸句懷鄉慘切句何處引羌笛叶　追惜叶當時富春佳地句嚴光釣址空遺迹叶華星沉後句扁舟泛去句瀟灑閒名圖籍叶離觴弔古寓目句意斷魂消淚滴叶漸洞天晚句回首暮雲千里碧叶

以結句爲名，自是創製。調見《樂府雅詞》，名《弔嚴陵》。愚按：詞詠嚴子陵事，當是題目。與《芳草》、《鳳簫吟》、《閨怨》、《無悶》等調同，一寫誤，今訂正。

此等孤調平仄皆當照填，不可臆測。「古」字一作「終」，「斷」字作「闌」，「晚」字作「曉」。「酸」字，葉《譜》作「傷」，「光」字作「陵」。

宴清都 百二字　何籀

細草沿階軟韻遲日薄句惠風輕靄微暖叶春工靳惜句桃紅尚小句柳牙猶短叶羅幃綉幕高捲叶早已是豆歌慵笑懶叶憑畫樓豆那更天遠山遠句水遠人遠叶　堪怨叶傅粉疏狂句竊香俊雅句無計拘管叶青絲絆馬句紅巾寄羽句甚處迷戀叶無言淚珠零亂叶翠袖儘豆重重漬遍叶故要得豆別後思量句歸時覷見叶

程垓詞名《四代好》。

「靄」、「笑」、「計」、「漬」、「覷」五字用去聲。「處」字亦有用平聲者。「天遠」、「山遠」，二「遠」字，以上代平，故名《四代好》也。「水遠」「遠」字亦有用仄者。作者切勿用去聲字，此巧法。從宋祁《浪淘沙近》詞中翻出。「那」、「水」、「袖」、「得」、「別」可平。

又一體百字　一名四代好　　程垓

翠幕東風早韻蘭窗夢句又被鶯聲驚覺叶起來空對句平階弱絮句滿庭芳草叶厭厭未忺懷抱叶記柳外豆人家曾到叶憑畫闌豆那更春好花好句酒好人好叶　春好叶尚恐闌珊句花好又怕句飄零難保叶直饒酒好句未抵意中人好叶相逢盡拚醉倒叶況人與豆才情未老叶又豈因豆春去春來句花愁花惱叶

《汲古》名《四代好》。

此與何詞同，只「直饒」句下少二字，與各家異。「酒好」下，《汲古》有「酒」字，葉《譜》有「如澠」二字，不知何據。「因」字，《汲古》作「關」。「春好」、「花好」二「好」字作平。

又一體百二字　　周邦彥

地僻無鐘鼓韻殘燈滅句夜長人倦難度叶寒吹斷梗句風翻暗雪句灑窗填户叶賓鴻謾說傳書句算過盡豆千儔萬侶叶始信得豆庾信愁多句江淹恨極須賦叶　淒涼病損文園句徽絃乍拂句音韻先苦叶淮山夜月句金城暮草句夢魂飛去叶秋霜半入清鏡句嘆帶眼豆都移舊處叶更久長豆不見文君句歸時認否叶

前後段第七句及换頭句，皆不叶韻，與何作異。前結一四、一六字句，可不拘。「地」、「夜」、「過」、「始信得」、「恨極」、「入」諸字可平。「淮」、「金」、「秋」可仄。

又一體百二字

送馬林屋赴南宫分韻得動字　　吴文英

柳色春陰重韻東風力句快將雲雁高送叶書檠細雨句吟窗亂雪句天寒筆凍叶家林秀橘霜老句笑分得豆蟾邊桂種叶應茂苑豆斗轉蒼龍句淮潮獻奇吴鳳叶　玉眉暗隱華年句凌雲氣壓句千載雲蘿叶名箋淡墨句恩袍翠草句紫騮青鞚句飛香杏園新句句眩醉眼豆春游乍縱叶弄喜音豆鵲繞庭花句紅簾影動叶

前後段第七句用仄，不叶韻。

又一體百字

壽榮王夫人　　吴文英

萬壑蓬萊路韻非烟霽句五雲城闕深處叶璇源媲鳳句瑶池種玉句煉顔金姥叶長虹夢入仙懷句便洗日豆銅華翠渚叶向瑞世豆獨佔長春句蟠桃正飽風露叶　殷勤漢殿傳卮句隔江雲起句暗飛

青羽叶南山壽石句東周寶鼎句千秋鞏固叶何時地拂龍衣句待迎入豆玉京園圃叶看剩擁湖船句三千彩御叶

後結比各家少二字。

又一體九十九字　　陳允平

聽徹南樓鼓韻玉壺冰漏遲度叶重温錦幄句低護青氈句曲通朱户叶巡檐細嚼寒梅句嘆寂寞豆孤山伴侶叶更信有豆鐵石心腸句廣平幾度曾賦叶　寒深試擁羊裘句松醪自酌句誰伴吟苦叶摩挲醉眼句闌干相拍句白鷗驚去叶梁園勝賞重約句漸玉樹豆瓊花處處叶怕柳條豆未覺春風句青青在否叶

此和周作，四聲無不吻合，何以次句獨少三字，其爲脱誤無疑。然《日湖漁唱》本是如此，不得不列此體。

又一體百四字　　胡翼龍

夢雨隨春遠韻征衫薄豆短篷猶逗寒淺叶裁芳付葉句書愁沁壁句水窗竹院叶别來被籌梅潤句暗塵積豆舊題紈扇叶許多時豆閒了闌干句放得蘚痕青滿叶　誰念叶杜若還生句蘋花又緑句不堪

重□叶山程水記句茶經硯譜句共誰閒展叶湖山舊曾游遍叶不怪得豆近番心懶叶恰今朝豆水落洲平句江上楚帆風轉叶

調見《陽春白雪》。後段末句六字，比各家多二字。兩七句前不叶後叶亦異。

又一體百三字

舟中思家用美成韻　　趙必瑑

遠遠漁村鼓韻斜陽外豆賓鴻三兩飛度叶茅檐春小句白雲隱几句青山當户叶騷翁底事飄蓬句渾忘卻豆耕徒釣侶叶何時尋豆斗酒江鱸句悠悠千古坡賦叶　風流種柳淵明句折腰五斗句身爲名苦叶有秫田貳頃句菊松三逕句不如歸去叶山靈休勒俗駕句容我卧豆草堂深處叶問故園豆怨鶴啼猿句今無恙否叶

黃鶴引八十三字　　方資

生逢垂拱韻不識干戈免田隴叶士林書圃終年句庸非天寵叶才粗闒茸叶老去支離何用叶浩然歸弄叶是黃鶴豆秋風相送叶　塵事塞翁心句浮世莊生夢叶漾舟遥指烟波句群山森動叶神閒意

聳叶回首利韁名鞚叶此情誰共叶問幾許豆淋浪春瓮叶

方勺《泊宅編》云：先子晚官鄧州，於紹聖改元，致政歸隱，遂爲此詞。序曰：「因閱阮田曹所製《黄鶴引》，愛其詞調清高，寄爲一闋，命稚子歌之。」（節録）愚按：阮田曹、方勺父名皆無考。姑繫紹聖初以俟考。

「粗」字，《詞律》作「初」，「弄」字作「算」，皆誤。「是」字，《詞綜補遺》作「似」，「利韁名鞚」四字作「名韁利鞚」。

上林春慢 百二字

上元　　晁冲之

帽落宫花句衣惹御香句鳳輦晚來初過韻鶴降詔飛句龍銜燭戲句端門萬枝燈火叶滿城車馬句對明月豆有誰閒坐叶任狂游句更許傍禁街句不扃金鎖叶　玉樓人豆暗中擲果叶珠簾下豆笑着春衫裊娜叶素蛾繞釵句輕蟬撲鬢句垂垂柳絲梅朵叶夜闌飲散句但贏得豆翠翹雙嚲叶醉歸來句又重向豆曉窗梳裹叶

《宋史·樂志》中吕宫。

此與《上林春令》不同，當另列。

晁補之、曾紆各一首，於「鶴降詔飛」句，「更許傍村街」句，「素蛾繞釵」句，平仄皆異。「御」字定用去聲，晁、曾兩作同。前結晁作兩三、一六字略異。其餘《詞律》所注仄聲字未確。「帽」、「晚」、「降」、「詔」、「許」、「傍」、「不」、「裊」、「繞」、「撲」、「夜」可平。「街」、「釵」可仄。

七娘子 六十字

黄大臨

畫堂銀燭明如晝韻見林宗豆巾墊羞蓬首叶針指花枝句綫賒羅袖叶須臾兩帶還依舊叶　勸君倒戴休令後叶也不須豆更漉淵明酒叶寶篋深藏句濃香熏透叶爲經十指如葱手叶

《九宫大成》名《河西七娘子》，入南詞正宫引，與高大石調引同。「子」一作「兒」。

唐李白有《贈段七娘》詞，調名取此。

《能改齋漫録》云：豫章先生兄黄元明宰盧陵縣。赴郡會，坐上巾帶偶脱，太守諭妓令綴之。既畢，且俾元明撰詞云。

亦見《宋稗類鈔》。

謝逸作首句用平仄平平平平仄，與各家異。是誤筆，不可從，故不録。「畫」、「綫」、「兩」、「勸」、「不」、「更」、「寶」、「爲」、「十」可平。「銀」、「林」、「巾」、「針」、「羅」、「須」、「濃」可仄。「令」平聲。

又一體 五十八字

蔡　伸

天涯觸目傷離緒韻登臨況值秋光暮叶争捻黄花句憑誰分付叶雝雝雁落蒹葭浦叶　憑高目斷桃溪路叶屏山樓外青無數叶緑水紅橋句鎖窗朱户叶如今總是消魂處叶

兩次句七字，比黄作各少一字。「争」字，《汲古》作「手」。

又一體六十字　　無名氏

清香浮動到黄昏句向水邊豆疏影梅開盡韻溪邊畔豆清蕊有如淺杏叶一枝喜得東君信叶風吹只怕霜侵損叶更新來豆插向多情鬢叶壽陽妝聯句雪肌玉瑩叶嶺頭别微添粉叶

見《梅苑》。首句不起韻，前段第三句九字。「畔」字當是誤多。後結句六字，應落一字。餘同黄作。

茶瓶兒五十六字　　李元膺

去年相逢深院宇韻海棠下豆曾歌金縷叶歌罷花如雨叶翠羅衫上句點點紅無數叶今歲重尋攜手處叶空物是豆人非春暮叶回首青門路叶亂英飛絮句相逐東風去叶

《冷齋夜話》云：許彦周云：李元膺喪妻，作《茶瓶兒》詞。元膺尋亦卒。又見《花庵詞選》。「年」字，《歷代詩餘》作「歲」。「絮」字偶合，非叶韻。石孝友有五十字一首，《詞律》以爲誤脱，故不録。

又一體五十四字

上元　　趙彦端

淡月華燈春夜韻送東風豆柳烟梅麝叶寶釵宫髻連嬌馬叶似記得豆帝城游冶叶悦親戚之情

話叶況溪山豆坐中如畫叶凌波微步人歸也叶看酒醒豆鳳鸞誰跨叶

兩起句六字，三句七字，四句上三下四字，與前異。「城」字，《汲古》作「鄉」。

又一體 五十三字

梁意娘

滿地落花鋪綉韻麗色着人如酒叶曉鶯窗外啼楊柳叶愁不奈兩眉頻皺叶　闕山杳叶音信悄叶那堪是豆當年時候叶盟言辜負知多少叶對好景豆頓成消瘦叶

前段次句六字，後起兩三字，比趙作多叶一韻。餘同。「杳」、「悄」、「少」與「綉」、「酒」同叶，此閩音也，非換韻。

清江曲 五十六字

蘇庠

屬玉雙飛水滿塘韻菰蒲深處浴鴛鴦叶白蘋滿棹歸來晚句秋著蘆花一岸霜叶　扁舟繫岸依林樾換仄蕭蕭兩鬢吹華髮叶仄萬事不理醉復醒句長佔烟波弄明月叶仄

《詞品》云：蘇養直名伯固，與東坡同族，坡集中有《送伯固兄還吳》詩。其《清江曲》當時盛傳，詞亦工。考《詩話總龜》：蘇庠字養直，伯固之子。《詞品》誤。

調見《花草粹編》。前段近《瑞鷓鴣》，後段近《玉樓春》，宋人中罕見填此體者。《詞律》未收。與《岷江緑》之別名《清江引》無涉。「理」作平。

憶王孫五十四字　　向子諲

楊柳風前旗鼓鬧韻正陌上豆閒花芳草叶忍將愁眼覷芳菲句人未老豆春先老叶長安比日知多少叶日易見豆長安難到叶無情苕水不西流句漸迤邐仙舟小叶

調見《樂府雅詞拾遺》。與秦觀《憶王孫》大不相同，雙叠平仄韻異，決非一調。向俱類列，似未允協。「正」、「比」、「日」可平。「楊」、「風」、「閒」、「愁」、「人」、「長」可仄。

又一體五十四字

清明病酒　　劉學箕

淑景韶光晴晝韻簾外雨豆欲無還有叶流鶯枝上轉新聲句夢初醒豆懨懨病酒叶　天連碧草凝情久叶思舊事豆不堪騷首叶懷人有恨水雲深句又緑暗西橋柳叶

起句六字，結句七字，後段同向作。

按：劉學箕字習之，自號種春子。子翬之孫，珵之子，隱居不仕。有《方是閒居士小稿》二卷。

怨王孫五十四字

李清照

湖上風來波浩渺韻秋已暮豆紅稀香少叶水光山色與人親句説不盡豆無窮好叶　蓮子已成荷葉老叶清露洗豆蘋花汀草叶眠沙鷗鷺不回頭句似也恨人歸早叶

亦見《雅詞》。與向作字句相同。原名《怨王孫》，與韋莊之《怨王孫》迥別。是《憶王孫》別名，俟考。

雙頭蓮令四十八字

信豐雙蓮

趙師俠

太平和氣兆嘉祥韻草木總成雙叶紅苞翠蓋出横塘叶兩兩鬥芬芳叶　幹摇碧玉并青房叶仙髻擁新妝叶連枝不解引鸞凰叶留取映鴛鴦叶

此詠本意爲名，與《雙頭蓮》、《雙瑞蓮》皆無涉。他無作者。體格與《武陵春》相似，惟起句叶韻。師俠或作師使，誤。

伊州三臺四十八字　或加令字州作川

丹桂

桂花移自雲巖韻更被靈砂染丹叶清露濕酡顔叶醉乘風下臨世間叶　素娥襟韻蕭閒叶不與群芳并看叶簌簌絳綃單叶覺身輕豆夢回廣寒叶

《詞譜》注正宮，《九宫大成》入南詞商調引，名《熙州三臺》。此與《三臺令》及《調笑令》、《伊川令》皆不同，當另列。楊韶父詞名《伊川三臺令》。「染」、「下」、「世」、「并」、「夢」、「廣」六字宜仄聲，勿誤。楊韶父一首於「下」「夢」二字用平，不可從。

東坡引五十三字

别周誠可

相看情未足韻離觴已催促叶停歌欲語眉先蹙叶何期歸太速叶　如今去也句無計追逐叶怎忍聽豆陽關曲叶扁舟後夜灘頭宿叶愁隨烟樹簇叶愁隨烟樹簇叠叶

《九宫大成》入南詞大石調引。

「已」字用仄。「無計」句，後趙作用平平仄仄，辛作用仄平平仄。「觴」字亦有用仄者。前結當叠句，趙凡三首皆不叠。「何」、「扁」可仄。

又一體五十八字　趙長卿

茅齋無客至韻冰硯凍寒泚叶南枝喜入新詩裡叶惱人頻嚼蕊叶惱人頻嚼蕊叠叶　因思去臘句江頭醉倚叶動客興豆傷春意叶經年自嘆人如寄叶光陰如捻指叶光陰如捻指叠叶

前結亦叠句叶韻，「硯」字用仄，「江頭」句平仄異。《詞律》録辛棄疾一首，於换頭用「夜深拜半月」，《圖譜》於「半」字爲句，《詞律》駁之良是。今考《花草粹編》無「半」字，實是衍文，即此體也。故不録。

又一體五十九字　辛棄疾

閨怨

花梢紅未足韻條破驚新緑叶重簾下遍闌干曲叶有人春睡熟叶有人春睡熟叠叶　鳴禽破夢句雲遍月蹙叶起來香腮褪紅玉叶花時愛與愁相續叶羅裙過半幅叶羅裙過半幅叠叶

後段第三句七字，比前作多一字。

又一體四十九字　袁去華

隴頭梅乍吐韻江南歲將暮叶閒窗盡日將愁度叶黄昏愁更苦叶　歸期望斷句雙魚尺素叶念嘶

騎豆今到何處叶殘燈背壁三更鼓叶斜風吹細雨叶

見《袁宣卿集》。

兩結皆不用叠句。後段第三句七字，上三下四句法。

又一體五十六字　　楊冠卿

歲癸丑季秋二十六日，夜夢至一亭子，榜曰朝雲。見二少年公子云：「久誦公樂章，願得從容笑語。」因舉似離筵舊作，稱贊久之。余謝不能。公子咈然不樂，令小吏呼姝麗十數輩至，圍一方臺而立，相與群唱，聲甚淒楚。俄頃，歌者取金花青箋所書詞展於臺上。熟視字畫，乃余作也。讀未竟，一歌者從旁攫取詞置袖中，舉酒相勞苦云：「釵分金半股之句，朝夕誦之，胡爲余不及此乎。」公子云：「左驗如此，奚事多遜。」抵掌一笑而寤，恍然不曉所謂。戲用其語，綴《東坡引》歌之。

淥波芳草路韻別離記南浦叶香雲剪贈青絲縷叶釵分金半股叶釵分金半股叶　陽關一曲聲淒楚叶惹起離筵愁緒叶夢魂擬逐征鴻去叶行雲無定據叶行雲無定據叶

後起句七字，與各家不同。

廳前柳 五十六字

晚秋天韻過暮雨句雲容斂句月澄鮮叶正風露豆淒清處句砌蛩喧叶更黃葉句舞翩翩叶　念故里千山雲水隔句被名繮豆利鎖縈牽叶莫作悲秋意句對樽前叶且同樂句太平年叶

金詞注越調，《九宮大成》入北詞越角。

趙凡二首，《歷代詩餘》作無名氏。此與《亭前柳》後段相同，前段上半，迥不相侔，宮調亦異，未必是一調。《詞律》以「亭」、「廳」二字音近類列，其說太鑿。前段頗近《芳草渡》，不知是誤合否。

采桑子慢 九十字　一名愁春未醒　醜奴兒慢

潘元質

愁春未醒句還是清和天氣韻對濃綠陰中庭院句燕語鶯啼換平叶數點新荷句翠鈿輕泛水平池平叶一簾風絮句纔晴又雨句梅子黃時平叶　忍記那回句玉人嬌困句初試單衣平叶共攜手豆紅窗描綉句畫扇題詩平叶怎有而今句半牀明月兩天涯平叶章臺何處句多應爲我句蹙損雙眉平叶

《陽春白雪》名《丑奴兒慢》，吳文英詞因首句名《愁春未醒》，又名《丑奴兒》。《圖譜》分列兩調，大誤。

此與《采桑子》及促拍、攤破皆不同，故另列。

平仄互叶體，吳文英一首與此同。「數」、「一」可平。「風」、「梅」、「嬌」、「初」可仄。「未醒」二字用去上，「忍記那回」句，用仄去去平，勿誤。「鈿」平聲。葉《譜》於「記」字注叶，不確。

又一體九十字　　蔡伸

明眸秀色句別是天真瀟灑韻更鬢髮堆雲句玉臉淡拂輕霞換平叶醉裡精神句衆中標格誰能畫仄叶當時攜手句花籠淡月句重門深亞仄叶　巫峰夢回句已成陳事句豈堪重話仄叶謾贏得豆羅襟清淚句鬢邊霜華平叶懷念傷嗟平叶憑闌烟水渺無涯平叶秦源目斷句碧雲暮合句難認仙家平叶

亦平仄互叶體。平五韻仄四韻，與潘作異。前段第三、四句，一五、一六字，此破句也。「鬢」字，《汲古》作「鬢」，「峰」字作「峽」。「懷念傷嗟」，嗟字叶。《汲古》、《詞律》作「念傷懷」，少一字。今從《詞譜》補正。「碧」作平。

又一體九十字　　吴禮之

金風顫葉句那更餞別江樓韻聽淒切豆陽關聲斷句楚館雲收叶去也難留叶萬重烟水一扁舟叶錦屏羅幌句多應換得句蓼岸蘋洲叶　凝想恁時歡笑句傷今萍梗悠悠叶謾回首豆玉人何處句眷戀無由叶先自悲秋叶眼前景物只供愁叶寂寥情緒句也恨分淺句也悔風流叶

通首用平韻，「留」字、「秋」字亦叶。換頭作六字二句，與前兩作異。《詞律》獨不收此體，不解何意。自亂其例，疏漏已甚。「玉人」二字，葉《譜》作「妖嬈」，「景」字作「風」。

醜奴兒九十字　　吴文英

雙清樓在錢唐門外

空濛乍斂韻波影簾花晴亂叶正西子豆梳妝樓上句鏡舞青鸞換平叶潤逼風襟句滿湖山色入闌干平叶天虛鳴籟句雲多易雨句長帶秋寒平叶　遥望翠凹句隔江時見越女低鬟平叶算堪羨豆烟沙白鷺句暮往朝還平叶歌管重城句醉花春夢句半香殘平叶乘風邀月句持杯對影句雲海人間叶

首句即起仄韻，多叶一韻，餘同潘作。又一首後段第六、七句作一六、一五字，破句也，可不拘。

疊青錢八十九字　　無名氏

夏日正長句無奈如焚天氣韻火雲聳豆奇峰天外句未雨先雷換平叶畏日流金句六龍高駕火輪飛平叶紋簟紗廚句風車漫攪句月扇空揮平叶　金爐烟細仄叶午風輕轉句堪避炎威平叶漸涼生池閣句捲起簾幕珠璣平叶嬌娥美麗仄叶天然秀色冰肌平叶曲闌深徑句荷香旖旎句玉管聲齊平叶

調見《歷代詩餘》。與潘作《採桑子慢》正同，惟兩起句平仄異。後段第四五句，一五、六字，七句六字，比潘作少一字。葉《譜》以爲一調，不知何據，姑從之。「細」字、「麗」字亦當是以仄叶，葉《譜》失注。《詞律》不載。

孟家蟬九十七字

詠蝶

向賣花擔上句落絮橋邊句春思難禁韻正暖日温風裡句門彩遍香心叶夜夜穩棲芳草句還處處豆先彈春禽叶滿園林叶夢覺南華句直到如今叶　情深叶記那人小扇句撲得歸來句綉在羅襟叶芳意贈誰句應費萬綫千針叶謾道滕王畫得句枉謝客豆多少清吟叶影沉沉叶舞入梨花句何處相尋叶

調見《陽春白雪》。無他作者。《詞律》未載。

《詞林叢著》云：前後段同。不應「芳意贈誰」二句，與前段句法參差，又少一字，或「正」字是誤多，而「門」字屬上句，於義終嫌未妥，疑有訛誤。愚按：「裡」字定是訛字，「正」字是襯字，不必定誤多也。

惜春令五十字

杜安世

今夕重陽秋意深韻籬邊散豆嫩菊黃金叶萬里霜天林葉墜句蕭索動離心叶　臂上茱萸新句似前歲豆堪賞光陰叶一盞香醪聊寄與句牛嶺會難尋叶

《九宫大成》入南詞羽調引。

《詞譜》有高漢臣一首，名《惜春全》。「全」字或是「令」字之訛，然字句不合，故另列。

通首用閉口韻，不應雜入真文一韻。「新」字非叶。「今」字，《歷代詩餘》作「此」，「黃」字，《汲古》、《詞律》作

「開」，「前歲」二字作「舊年」，「一」字作「百」。「醪聊寄與」四字作「醋且酬身」，「嶺」字作「山」。今從《詞律訂》。

又一體 五十字

春夢無憑猶懶起韻銀燭盡豆畫簾低垂平叶小庭楊柳黃金翠仄叶桃臉兩三枝平叶　妝閣慵梳洗仄叶悶無緒豆玉簫慵吹仄叶紛紛飄絮人疏遠句空對日遲遲平叶

此平仄互叶體。

「翠」字，據前首未必是叶。「慵吹」二字，《汲古》、《詞律》作「拋擲」，葉《譜》作「頻吹」。「紛紛飄絮」四字作「絮飄紛紛」，皆誤。今從《詞律訂》本。

端正好 五十四字　一名於中好

檻菊愁烟沾秋露韻天微冷豆雙燕辭去叶月明空照別離苦叶透素光豆穿朱户叶　夜來西風雕寒樹叶憑闌望豆迢遥長路叶花箋寫就此情緒叶待寄與豆知何處叶

《中原音韻》注正宮，《九宮大成》入南詞正宮引，又入北詞高宮正曲。許《譜》同。

楊无咎詞名《於中好》，趙長卿詞名《杏花天》。辛棄疾詞名《杏花風》，只兩結句、後起句皆不同，故類列。

前後起句用拗體。杜凡四首，亦有不拗者，平仄互異，今照注。「寄與」二字，《汲古》、《詞律》作「傅寄」。此與向子謳《憶王孫》字句同，但兩第三句叶韻。通首平仄不同，并非一調。「菊」、「燕」、「月」、「別」、「寫」、「此」、「寄」可平。「秋」、「天」、「雙」、「空」、「光」、「不」、「西」、「風」、「遥」、「花」可仄。

又一體 五十四字

趙長卿

乍涼淅淅風生幕韻人獨在豆朱闌翠閣叶吹簫信杳爐香薄叶眉上新愁又覺叶　從前事豆擬將拚卻叶夢不斷豆花梢柳萼叶一杯睡起誰同酌叶斜日陰陰轉角叶

《汲古》名《杏花天》。

後起句上三、下四字句法。「翠」、「柳」、「又」、「轉」四字用仄。兩結六字句，不於三字豆，與《杏花天》同。是《端正好》本有兩體，各家多如此填。

於中好 五十四字

楊无咎

濺濺不住淚流素韻憶曾記豆碧桃紅露叶別來寂寞朝還暮叶恨遮斷豆當時路叶　仙家豈解空相誤叶嗟塵世豆自難知處叶而今重與春爲主叶儘浪蕊浮花妒叶

《九宫大成》入南詞越調引。一名《杏花天》，「天」一作「風」。與《鷓鴣天》之別名《於中好》不同。

此與杜作《端正好》全合，實是一調。

杏花天五十五字

豫章重午　侯寘

寶釵整鬟雙鸞鬥韻睡初醒豆薰風襟袖叶彩絲皓腕宜清晝叶更艾虎衫兒新就叶　玉杯共飲菖蒲酒叶願耐夏豆宜春廝守叶榴花故意添紅皺叶映得人來越瘦叶

蔣氏《九宫譜目》入越調。

辛棄疾詞名《杏花風》。《詞律》以兩結及後起句與《於中好》不同，分列兩調。又疑尾句少一字。愚按：各家調名不盡相同。此詞只前結多一「更」字，是襯字，餘同楊作。汪莘、周密各一首，與趙長卿《端正好》恰合。是《端正好》亦有六字一氣體也，未可判分。只汪於兩次句用仄仄住，周於兩結句用仄仄住，當是一調，不得專以杜作爲式也。當從其多者。《詞律》每於當合者分之，當分者合之，皆未遍觀各家體格之過。

《詞譜》云：此調略近《端正好》，坊本多誤刻。今以六字折腰者爲《端正好》，六字一氣者爲《杏花天》。

「初」字，《汲古》作「來」，誤。「添紅」二字作「紅添」。

又一體五十四字

慈寧殿春晚出游　史達祖

□城柳色藏春絮韻嫩緑滿豆游人歸路叶殘紅剩蕊留春住叶無奈霏微細雨叶　南陌上豆玉轡

鈿車句悵紫陌豆青門日暮叶黄昏院落人歸去叶猶有流鶯對語叶

後起句上三下四字，「鈿」字、「對」字用仄，亦與趙長卿《端正好》同。惟後起句不叶韻，與各家異。吴文英作與此同，於「藏」字、「歸」字用仄，「玉轡」二字用平。

又一體五十四字　辛棄疾

牡丹昨夜方開遍韻畢竟是豆今年春晚叶荼蘼付與薰風管叶燕子忙時鶯懶叶多病起豆日長人倦叶待得酒闌歌散叶甫能得見荼甌面叶卻早安排腸斷叶

調名《杏花天》，與趙長卿《端正好》同。只後段次句六字，少一字，是誤脱。

又一體五十六字　盧炳

鏤冰剪玉工夫費韻做六出豆飛花亂墜叶舞風情態誰相似叶算只有豆江梅可比叶極目處豆瓊瑶萬里叶海天闊豆清寒似水叶從教高捲珠簾起叶看三白豆年豐瑞氣叶

兩結句亦上三下四字，與辛、史作又異，足見侯作之非誤也。「亂」、「可」、「萬」、「似」、「瑞」皆用去聲。「起」字下八字，《詞律》缺，從《詞譜》補。

玉闌干 五十六字

珠簾怕捲春殘景韻小雨牡丹零落盡叶庭軒悄悄燕高飛句風飄絮豆緑苔侵徑叶　欲將幽恨傳愁信叶想後期叶無個憑定叶幾回獨睡不思量句還悠悠豆夢裡尋趁叶

與《眼兒媚》之別名《小闌干》無涉。

此與《步蟾宮》相似，只次句不用上三下四字句。無他作者。《汲古》、《詞律》缺「怕」字、「落」字，「飛」字作「空」，「侵徑」二字作「暗侵」，「個」字作「令」，落字，葉《譜》作「欲」，皆誤。今從《花草粹編》訂正。《詞律》於「裡」字注作平，不知因上用「悠」字平聲，此處用仄方協。若上用仄，此字自當用平。如五七言詩句，用平平仄平仄，方能調協。

朝玉階 五十八字

春色欺人拂眼青韻柳條緑軟雪花輕叶黃金纔鎖掩銀屏叶陰沉深院句靜語嬌鶯叶　美人春困寶釵橫叶惜花芳態淚盈盈叶風流何處最多情叶千金一笑句須信傾城叶

「青」字，《汲古》作「清」。「緑」字下，各譜有「絲」字，《詞律》遂謂「惜花」句少一字，「鎖」字作「鉞」，皆誤。「院」字當句，《詞律》疑誤，何以不與後段比較耶？今從《詞律訂》。

又一體六十字

簾捲春寒小雨天韻牡丹花落盡句悄庭軒叶高空雙燕舞翩翩叶無風輕絮墜句暗苔錢叶　擬將幽怨寫香箋叶中心多少事句語難傳叶思量真個惡因緣叶那堪長夢見句在伊邊叶

前後次句一五、一三字，比前各多一字。兩結亦一五、一三字。此體與《散天花》相似，只換頭句平仄少異。

采明珠九十六字

雨乍收句小院塵消句雲淡天高露冷韻坐看月華生句射玉樓清瑩叶蟋蟀鳴金井叶下簾幃豆悄悄空階句敗葉墜風句惹動閒愁句千端萬緒難整叶　秋夜永叶涼天迥叶可不念光景叶嗟薄命叶倏忽少年句忍教孤零叶燈閃紅窗影叶步回廊豆懶入香閨句暗落淚珠滿面句誰人知我句爲伊成病叶

《宋史・樂志》太宗製中吕調。

此調無他作者，「珠」字上，《汲古》落「淚」字，從《詞律訂》補。「景」字，《詞律》謂不是叶，不知何所見而云然。餘謂「命」字未必是叶，此字當逗也。葉《譜》於「悄悄」斷句，未確。愚按：凡長調皆八段八韻，此詞「悄悄」下少叶一韻，或「蟋蟀」句在「空階」下，文意乃順。後同。《壽域詞》顛倒缺佚甚多，惜無他作可證。

杜韋娘百九字

暮春天氣句鶯兒燕子忙如織韻閒嫩葉豆枝亞青梅小句乍遍水豆新萍圓碧叶初牡丹謝了句鞦韆搭起句垂楊暗鎖深深陌叶暖風輕句盡日閒把句榆錢亂擲叶　恨寂寂叶芳容衰減句頓欹珖枕困無力叶爲少年豆狂蕩恩情薄句尚未有豆歸來消息叶想當初豆鳳侶鴛儔句喚作平生句更不輕離拆叶倚朱扉淚眼句滴損紅綃數尺叶

唐教坊曲名。《九宫大成》入南詞仙吕宫引。

《耆舊續聞》云：劉賓客官蘇州刺史。李司空罷鎮日，慕其名招致之，出妓佐觴。劉賦「春風一曲杜韋娘」，司空呼妓歸之詞。《詞名集解》云：韋娘，樂部也。

「亂」、「困」、「數」三字必去聲，勿誤。「想當初」下三句與前段異，平仄恰合。此破句也。「兒」字，《汲古》、《詞律》作「老」，「枝亞青」三字作「題詩哨」，皆誤。據《詞律訂》、葉《譜》改正。「頓」字，《詞律》疑是「頻」字，誠然。「間」去聲。

又一體百九字

無名氏

華堂深院句霜籠月彩生寒暈韻度翠幄豆風觸梅香噴叶漸歲晚豆春光將近叶惹離恨萬種句多情易感句歡難聚少愁成陣叶擁紅爐句鳳枕慵欹句銀燈挑盡叶　當此際爭忍叶前期後約句度歲

無憑準叶對好景豆空積相思恨叶但自覺豆厭厭方寸叶擬金箋象管句丹青妙手句寫出寄與伊教信叶儘千工萬巧句惟有心期難問叶

「噴」字、「恨」字叶韻，比前作多叶二韻。換頭一五、一四、一五字，六、七、八句與前段同。稍異杜作。「厭」平聲。「出」作平。

更漏子 百四字

遥遠塗程韻算萬水千山句路入神京叶暖日春郊緑楊紅杏句香徑舞燕流鶯叶客館閒庭悄悄句堪惹舊恨深叶有多少馳驅句驀嶺涉水句枉費身心叶　思想厚利高名叶漫惹得憂煩句枉度浮生叶幸有青松句白雲深洞句清閒且樂昇平叶長是宦游羈思句別離淚滿襟叶望江鄉踪迹句舊游題書句尚自分明叶

此與温庭筠小令迥別，當另列。無他作者。

「暖日」句、「幸有」句各八字，是二字領起，勿作兩四字句及上三下五字填。「惹」字、「嶺」字是以上作平。「滿襟」二字不應用閉口韻。「書」字當是「字」字之訛。「遥遠」二字，《汲古》、《詞律》作「庭遠」，或作「邊遠」。「萬水千山」四字作「千山萬水」，「楊」字作「柳」，「閒庭悄悄」四字作「悄悄閒庭」，「馳驅」二字作「驅驅」，「費」字作「慶」，俱誤。「憂煩」二字，《詞律》作「意煩」，「白雲」二字作「雪」。據葉《譜》改正。

詞繫卷十七

宋

金蓮繞鳳樓五十五字　　趙佶

絳燭朱籠相隨映韻馳綉轂平塵清香襯叶萬金光射龍軒瑩叶繞端門豆瑞雷輕振叶　元宵爲開勝景叶嚴黼座豆觀燈錫慶叶帝家華燕乘春興叶褰珠簾豆望堯瞻舜叶

調見《花草粹編》，觀燈詞也，故名。《詞律》未載。《詞譜》注此調與《睿恩新》相近，但前後第三句不同，實非一調。卻與《步蟾宫》相似，只後起句六字亦異。餘詳《睿恩新》下。

雪明鳷鵲夜九十四字

望五雲多處句探春開閬苑句別就瑶島韻正梅雪韻清句桂月光皎叶鳳帳龍簾縈嫩風句御座深豆翠金間繞叶半天中句香泛千花句燈掛百寶叶　聖時觀風重臘句有簫鼓沸空句錦綉匝道叶競

呼盧氣貫調歡笑叶袖裡金錢擲下句來侍宴豆歌太平睿藻叶願年年此際句迎春不老叶

亦見《花草粹編》。無他作者。「明」字，葉《譜》作「寒」，不知何據。《詞律》未收。

「就」、「韻」、「間」、「沸」、「匝」、「睿」等字宜去聲。「百」字，「不」字，以入作平。「競呼盧」下二十二字，疑有訛誤。或於「來」字句，「歌」字逗，與前段合，但「擲下來」三字欠妥。「探春」二字，一作「春深」「瑶」字作「篷」。今從《粹編》本。

燕山亭九十九字

北行見杏花作

裁剪冰綃句輕疊數重句冷淡胭脂勻注韻新樣靚妝句艷溢香融句羞煞蕊珠宮女叶易得凋零句更多少豆無情風雨叶愁苦叶問院落凄涼句幾番春暮叶　憑寄離恨重重句這雙燕豆何曾會人言語叶天遙地遠句萬水千山句知他故宮何處叶怎不思量句除夢裡豆有時曾去叶無據叶和夢也豆新來不做叶

《九宮大成》入南詞小石調正曲，許《譜》同。

與《山亭宴》無涉。一本爲僧揮作，誤。

《詞品》云：徽宗此詞，北狩時作也。詞極凄婉。愚按：「燕」、「宴」原可通用。若北狩時作，當作燕國之燕，讀平聲。

《詞匯》作「宴」誤。

「數」、「靚」、「地」三字宜去聲。次句張雨作平平仄仄，差異。「天遙地遠」四字，各家作平仄去平，與此異，當是「天遠地遥」，或寫倒。「新來」二字，一作「有時」。《詞統》、《草堂》缺「匀」字，誤。「做」字是借叶。「冷」、「煞」、「更」、「院」、「怎」、「夢」、「有」可平。「不」作平。「裁」、「羞」、「多」、「無」、「雙」、「除」可仄。

醉春風六十四字　　趙　鼎

寶鑑菱花瑩韻孤鸞慵照影叶魚書蝶夢兩消沉句恨叶恨疊恨疊結盡丁香句瘦如楊柳句雨疏雲冷叶宿醉懨懨病叶羅巾空淚粉叶欲將遠意託湘絃句悶叶悶疊悶疊香絮悠悠句畫簾悄悄句日長春困叶

《太平樂府》、《中原音韻》俱入中吕宫。《太和正音譜》注中吕宫，亦入正宫，又入雙調。蔣氏《十三調譜》注中吕調。《九宫大成》入南詞中吕宫引。許《譜》同。一名《怨春風》，又入北詞中吕調隻曲。此《醉春風》正調，與《醉花陰》之别名不同。《詞律》收趙德仁一首，後段次句用「春睡何曾穩」，平仄與此異。究宜前後相同爲是。

瓊臺九十三字

元夕次太守韻　　李　光

老閣臨流句渺滄波萬頃句湧出冰輪韻星河淡天衢句迥絶纖塵叶瓊樓玉館句遍人間豆水月精神叶清江瘴海句乘流處處分身叶　邦侯盛集嘉賓叶有香風縹緲句和氣氤氳叶華燈耀綺席句競笑

語烘春叶窺簾映牖句眷素娥豆遍顧幽人叶空悵望豆通明觀闕句遙瞻一朵紅雲叶

此調各譜俱不載，與各調皆不符合，自是創製。

王敬之云：此詞見長洲陶梟香樑《詞綜補遺》，詞未到工處。考《宋史》，李光字泰發，上虞人。崇寧五年進士，官至參知政事。謚莊簡。詞附《莊簡集》。因忤秦檜，安置瓊州，移昌化軍，則爲端人無疑。又陶選李詞，有重九日宴瓊臺《南歌子》詞。則瓊臺實有其地，當在瓊州。李取爲詞，定是自製腔，或如張輯《疏簾淡月》之類。戈順卿之說可信。

雪夜漁舟 百字　　張繼先 虛靖真君

晚風歇韻謾自棹孤舟句順流觀雪叶山聳瑶岑句林森玉樹句高下盡無分別叶襟懷澄澈叶更沒個豆故人堪說叶恍然塵世句如居天上句水晶宮闕叶　萬塵聲影絶叶瑩虛空無外句水天相接叶一葉身輕句三花頂聚句永夜不愁寒冽叶漫憐薄劣叶但祇解豆附炎趨熱叶停橈失笑句知心都付句野梅江月叶

此取詞句爲名。「瑩」去聲。

萬里春 四十六字　　周邦彥

千紅萬翠韻簇定清明天氣叶爲憐他豆種種清香句好難爲不醉叶　我愛深如你叶我心在豆個

人心裡叶便相看豆老卻春風句莫無些歡意叶

以下俱見《片玉詞》。此下四調，方千里無和詞。

此調他無作者，平仄宜守。《詞律》缺「定」字，今從《片玉詞》補正。

鳳來朝 五十字

佳人　說夢雙蛾微

逗曉看嬌面韻小窗深豆弄明未辨叶愛殘妝豆宿粉雲鬟亂叶最好是豆帳中見叶斂叶錦衾温豆獸香未斷叶待起難捨拚句任日炙豆畫樓暖叶

《九宫大成》入南詞越調引。

「待起」句，《清真集》作「待起又如何拚」，多一字，與史作正合，亦當叶韻。兩「未」字宜去聲。「看」去聲，「深」字一本作「涼」。

又一體 五十一字

史達祖

一夢蒲香葵暈粉就妝鏡韻掩金閨豆綵絲未整叶趁無人豆學𥳑鴛鴦頸叶恨誰踏豆蘚花徑叶冷叶墮銀瓶豆脆繩掛井叶扇底并團圓影叶只此是豆沈郎病叶

「扇底」句六字叶韻，足證《片玉》、《清真》之誤。

玉團兒五十二字

鉛華淡濘新妝束韻好風韻豆天然異俗叶彼此知名句雖然初見句情分先熟叶　爐烟淡淡雲屏曲叶睡半醒豆生香透肉叶賴得相逢句若還虛度句生世不足叶

「異」、「分」、「透」、「世」四字必去聲，各家皆然，勿誤。惟張鎡於「分」字、「世」字用平，不可從。《汲古》爲趙長卿作，誤。「若」可平。「不」作平。「風」可仄。「分」用去聲。

紅羅襖五十三字

畫燭尋歡去句羸馬載愁歸韻念取酒東壚句樽罍雖近句採花南圃句蜂蝶須知叶　自分袂豆天闊鴻稀叶空乖夢約心期叶楚客憶江籬叶算宋玉豆未必爲秋悲叶

唐教坊曲名。《詞譜》注大石角，《九宮大成》入北詞大石調隻曲。《詞名集解》云：古石調曲也。吴任臣云：於古樂爲太簇商調。

「乖」字上，《汲古》多「懷」字，誤。

垂絲釣 六十六字

縷金翠羽韻妝成纔見眉嫵叶倦倚玉奩句看舞風絮叶愁幾許叶寄鳳絲雁柱叶春將暮叶向層城苑路叶　鈿車如水句時時花徑相遇叶舊游伴侶叶還到曾來處叶門掩風和雨叶梁燕語叶問那人在否叶

《太平樂府》注商調，《中原音韻》注商角調，《九宮大成》名《蓋天旗》，入北詞商角隻曲。《汲古》於「如水」句分段，失叶，誤。考各家分段多不同，趙彦端二首，方和詞，俱於「雁柱」句分段。可見宋時已無定格。詞意當如趙體，論體格當從吳體。「翠」、「倦」、「玉」（作去）、「舞」、「雁」、「舊」、「伴」、「在」等字必用仄聲，用去更妙。各家皆同。間有用平者，不必從。「縷」字亦宜用仄。隻吳文英一首首句不起韻。「玉奩」二字，葉《譜》作「綉簾」，於「看」字句，考各家皆兩四字句。葉《譜》「苑」字，《汲古》作「宛」，誤。「看」平聲。「還」、「門」可仄。

又一體 六十六字

鄧瑞友席上贈呂倩倩　　楊无咎

玉纖半露韻香檀低應鼉鼓句逸調響穿空句雲不度叶情幾許叶看兩眉碧聚叶爲誰訴叶　聽敲冰戛玉句恨雲怨雨叶聲聲總在愁處叶放懷未擧叶傾坐驚相顧叶應也腸千縷叶人欲去叶更畫檐細雨叶

前段第三句五字，四句三字，與周作異。「聽敲冰」句宜屬上段。此誤填，不可從。

又一體六十七字

袁去華

江楓秋老韻曉來紅葉如掃叶暮雨生寒句正北風低草叶賓鴻早叶亂半川殘照叶傷懷抱叶記西園飲處句微雲弄月句梅花人面爭好叶路長信杳叶度日房櫳悄叶還是黃昏到叶歸夢少叶縱夢歸易覺叶

前第四句比楊作少一字，五句多二字。換頭句亦屬下段。後段二句不叶。

又一體六十六字

九月七日自壽

陳亮

菊花細雨韻蕭蕭紅蓼汀渚叶景物漸幽句風致如許叶秋未暮叶又值吾初度叶看天宇叶正澄清句欲往登高未也句紅塵當面飛舞叶幾人弔古叶烏帽牢妝取叶短髮還羞覷叶遐壽身句近五雲深處叶

「看天宇」句屬下段。「正澄清」二句，一三、一六字，少叶一韻。「身」字不叶韻，與各家異。

又一體六十六字　楊冠卿

翠簾晝卷韻庭花日影初轉叶酒力未醒句眉黛斂叶還傳歌扇叶背畫闌倚遍叶情無限叶悵韶華又晚叶　錦韉去後句愁寬珠袖金釧叶碧雲信遠叶難託西樓雁叶空寫銀箏怨叶腸欲斷叶更落紅萬點叶

前段第四句三字，五句四字，與各家皆不同。

又一體六十六字　吴文英

雲麓先生以畫舫載洛花燕客

聽風聽雨句春落花門掩韻乍倚玉蘭句旋剪夭艷叶攜醉靨叶放溯溪游纜叶波光掩叶映燭花黯澹叶　碎霞澄水句吴宫初試菱鑑叶舊情頓減叶孤負深杯灧叶衣露天香染叶通夜飲句問漏移幾點叶

此與周作平仄全合，惟首句及「飲」字不叶韻。

一剪梅六十字　一名蠟梅香

一剪梅花萬樣嬌韻斜插疏枝句略點眉梢叶輕盈微笑舞低回句何事樽前句拍手相招叶　夜漸寒深酒漸消叶袖裡時聞句玉釧輕敲叶城頭誰恁促殘更句銀漏何如句且慢明朝叶

元《高拭詞》注南吕宫，《九宫大成》入南詞南吕宫引，許《譜》同。此以起句立名。李清照一詞名《玉簟秋》。韓淲詞有「一朵梅花百和香」句，名《蠟梅香》，與吳師孟正調不同。方無和詞。

又一體六十字　程垓

小會幽歡整及時韻花也相宜叶人也相宜叶寶香未斷燭光低叶莫厭杯遲叶莫恨歡遲叶　夜漸深深漏漸稀叶風已侵衣叶露已沾衣叶一杯重勸莫相違叶何似休歸叶何自同歸叶

通首皆叶韻，且用排句疊叶，後人多效之。辛棄疾、方岳皆有此體，並不始於蔣捷也。

又一體五十九字　一名玉簟秋　李清照

紅藕香殘玉簟秋韻輕解羅裳句獨上蘭舟叶雲中誰寄錦書來句雁字回時月滿樓叶　花自飄零

水自流叶一種相思句兩處閒愁叶此情無計可消除句纔下眉頭句卻上心頭叶

因首句，又名《玉簟秋》。

《嫏嬛記》云：趙明誠德甫，李格非以女妻之。結褵未久，明誠即負笈遠游，易安殊不忍別，覓錦帕書《一剪梅》詞以送之。

此詞《汲古》載入《惜香樂府》，字句差殊。「月滿」下多一「西」字。考趙長卿別作，用「別是人間一段愁」七字句，見《汲古》。向子諲亦作「明日從教一綫添」七字句，見《雅詞》。可見當時本有此體，舊譜謂脫去一字者，非。

又一體六十字

游蔣山呈葉丞相　辛棄疾

獨立蒼茫醉不歸韻日暮天寒句歸去來兮叶探梅踏雪幾何時叶今我來思句楊柳依依叶　白石岡頭曲岸西叶一片閒愁句芳草萋萋叶多情山鳥不啼叶桃李無言句下自成蹊叶

四七字句皆叶韻。「思」字非叶。

又一體六十字

史達祖

誰寫梅溪字字香韻沙邊幽夢句常恁芬芳叶不如花酒伴昏黃叶只怕東風句吹斷人腸叶　小閣

無燈月浸窗叶香吹羅袖句酒映宮妝叶如今竹外怕思量叶谷裡佳人句一片冰霜叶

前後次句用平平平仄，與各家異。

又一體六十字　　劉　儗

唱到陽關第四聲韻香帶輕分叶羅帶輕分叶杏花時節雨紛紛叶山繞孤村叶水繞孤村叶　更没心情共酒樽叶春山香滿句空有啼痕叶一般離思兩消魂叶馬上黄昏叶樓上黄昏叶

通首叶韻，獨後段次句不叶，平仄亦異。

又一體六十字

元宵　　盧　炳

燈火樓臺萬斛蓮韻千門喜笑句素月嬋娟叶幾多急管與繁絃叶巷陌喧闐叶畢獻芳筵叶　樂與民偕五馬賢叶綺羅叢裡句一簇神仙叶傳柑雅宴約明年叶盡夕留連叶滿泛金船叶

前後次句不叶韻，平仄與史作同。兩第五句皆叶韻。各家皆用平聲住，因而順便用韻，踵事而增，轉相仿效。序列時代，即知分合變化之故。本譜立意在此，知音者諒不河漢余言。

隔浦蓮七十三字　或加近字或加近拍二字　浦或作渚

中山縣圃姑射亭避暑作

新篁搖動翠葆韻曲徑通深窈叶夏果收新脆句金丸驚落飛鳥叶濃靄迷岸草叶蛙聲鬧叶驟雨鳴池沼叶　水亭小叶浮萍破處句檐花簾影顛倒叶綸巾羽扇句困卧北窗清曉叶屏裡吴山夢自到叶驚覺叶依然身在江表叶

此周邦彦令溧水時作。《白香山集》有《隔浦蓮曲》，調名或本此。陸游詞名《隔浦蓮近拍》，吴文英詞名《隔浦蓮近》。「濃靄」句平仄各家互有異同，宜從此體。方和詞、史達祖與此合。「翠」，「水」、「夢」三字，宜仄聲，勿誤。「水亭小」句，當是换頭句。楊无咎一首，陸游、高觀國二首皆屬上段，吴文英屬下段。「鬧」字，陸、吴不叶，「覺」字，吴亦不叶。不可從。「金丸驚落」，《汲古》作「金丸落驚」，高作平平仄平，吴作仄平平仄。「檐花簾影」，《花庵詞選》作「簾花檐影」，俱誤。《野客叢書》已明辨之，兹不具論。「困」字，葉《譜》作「醉」。「羽」、「困」、「北」可平。「屏」可仄。

隔浦蓮近七十三字

彭無遜

夜寒晴早人起韻見柳知新翠叶撼樹試花意叶兩蜂狂救墮蕊叶見著羞懶避叶春都在句時節到愁地叶　屏間字叶香痕半掐句誤期一一曾記叶朱絃謾鎮句不會近番慵脆叶强踏鞦韆似醉裡叶扶下句眼花跕跕飛墜叶

「在」字、「下」字不叶韻。

解蹀躞七十五字　一名玉蹀躞

候館丹楓吹盡句面旋隨風舞韻夜寒霜月飛來伴孤旅叶還是獨擁秋衾句夢餘酒困都醒句滿懷離苦叶　甚情緒叶深念淩波微步叶幽房暗相遇叶淚珠都作秋宵枕前雨叶此恨音驛難通句待憑征雁歸時句帶將愁去叶

曹勛詞名《玉蹀躞》。

《九宫大成》入南詞商調正曲。

「夜寒」句、「淚珠」句，九字一氣。此種句法，周詞常用之，實始於柳永。結處十字一氣，或上六下四，或上四下六不拘。「伴」、「滿」、「甚」、「暗」、「枕」、「帶」等字必用仄，用去更妙。各家皆同。「都醒」二字，方和詞作「終日」，平仄異，且屬下句。「面」字，《歷代詩餘》作「四」，亦可通。「帶」字，葉《譜》作「寄」。「館」、「酒」可平。「丹」、「還」、「深」可仄。「旋」去聲。「醒」平聲。

又一體七十五字

吕倩倩吹笛　　楊旡咎

金谷樓中人在句兩點眉顰緑韻叫雲穿月橫吹楚山竹叶怨斷憂憶因誰句坐中有客句猶記在豆平

陽宿叶　淚盈目叶百囀千聲相續叶停杯聽難足叶謾誇天風海濤舊時曲叶深夜烟慘雲愁句倩君沉醉句明日看豆梅梢玉叶

兩結用一四，兩三字句，與前異。「深夜」二字，《汲古》、《詞律》作「夜深」。「沉」字作「洗」。據《詞律訂》改正。「聽」、「看」去聲。

又一體七十四字　方千里

院宇無人晴晝句靜看簾波舞韻自憐春晚漂流尚羈旅叶那況淚濕征衣句恨添客鬢句終日子規聲苦叶　動離緒叶謾徘徊愁步叶何時再相遇叶舊歡如昨句匆匆楚臺雨叶別後南北天涯句夢魂猶記關山句屢隨書去叶

前結一四、一六字，與周作略異。後段次句五字，少一字。此和周韻，不應少一字，或有脫誤。

側犯七十七字

暮霞霽雨句小蓮出水紅妝靚韻風定叶看步襪江妃照明鏡叶飛螢度暗草句秉燭游花徑叶人靜叶攜艷質豆追涼就槐影叶　金環皓腕句雪藕清泉瑩叶誰念省叶滿身香猶是舊荀令叶見說胡

姬句酒壚深迥叶烟鎖漠漠句藻池苔井叶

陳暘《樂書》云：五行之聲，所司爲正，所欹爲旁，所斜爲偏，所下爲側。正宮之調，正犯黄鐘宮，傍犯越調，偏犯中吕宮，側犯越角之類。樂府諸曲，自昔不用犯聲。唐自天后末年，劍器入渾脱，始爲犯聲。明皇時，樂人孫處秀善吹笛，好作犯聲，亦鄭衛之變也。《歷代詩餘》云：犯調起於宣政，詞家有《側犯》、《尾犯》、《花犯》等名。餘詳《淒涼犯》下。

「看步襪」句，「攜艷質」句，皆八字。「看」字、「攜」字是領句字，觀後姜詞可知。「照」、「度」、「就」、「舊」四字必用去聲。「漠漠」二字，以入作平，方和詞同。袁去華、姜夔俱作平平，陳允平和詞亦然。「鎖」字，《詞律》因方千里和詞用「愁」、「聽」二字用韻，遂説「鎖」字句宜叶韻。又云：白石之「寞」字借作「暮」字，謬極。強作解事，徒然嘵舌。「深迥」二字，《汲古》作「寂静」，重叶。「荀」字或作「時」，皆誤。「出」、「雪」可平。「香」、「深」可仄。

又一體 七十七字　　姜　夔

恨春易去韻甚春卻向揚州住叶微雨叶正繭栗梢頭弄詩句叶紅橋二十四句總是行雲處叶無語叶漸半脱宮衣笑相顧叶　金壺細葉句千朵圍歌舞叶誰念我豆鬢成絲句來此共樽俎叶後日西園緑陰無數叶寂寞劉郎句自修花譜叶

首句即起韻，與周異。

又一體七十七字

譚宣子

素秋漸爽句倚香曲枕情依舊韻懷袖叶浸數尺湘漪簟紋縐叶悲歡盡夢裡句玉骨從消瘦叶空又思句太液芙蓉未央柳叶　翔鳳何在句樂府傳孤奏叶人病酒叶有鴛鴦雙字倩誰綉叶拜月西樓句幾聲滴漏叶應恐紈潔句已疏郎手叶

前結一三、一七字，少叶一韻，與周、姜俱異。「潔」作平。

倒犯百二字　一名吉了犯

詠月

霽景句對霜蟾乍昇句素烟如掃韻千林夜縞叶徘徊處豆漸移深窈叶何人正弄孤影句翩躚西窗悄叶冒露冷貂裘句玉斝邀雲表叶共寒光句飲清醥叶　淮左舊游句記送行人句歸來山路窵叶駐馬望素魄句印遙碧句金樞小叶愛秀色豆初娟好叶念漂浮豆綿綿思遠道叶料異日宵征句必定還相照叶奈何人自老叶

《九宮大成》入南詞仙吕宫正曲。

《清真集》作《吉了犯》。所謂《倒犯》者，自是所犯之調顛倒於其間也。與《轆轤金井》同例。

方有和詞，及吴文英作，字字相同，四聲悉合，不可妄易。惟方作六、七句，作上四、下七字略異。「千林」二字，各本作「千秋」。「醥」或作「醪」，失韻，大誤。今從《片玉》舊譜。句讀不協句，今從吴詞訂正。「必」字可平。

花犯 百二字

詠梅

粉牆低豆梅花照眼句依然舊風味韻露痕輕綴叶疑静洗鉛華句無限佳麗叶去年勝賞曾孤倚叶冰盤同燕喜叶更可惜豆雪中高樹句香篝熏素被叶　今年對花最匆匆句相逢似有恨句依依愁顇叶吟望久句青苔上豆旋看飛墜叶相將見豆脆圓薦酒句人正在豆空江烟浪裡叶但夢想豆一枝瀟灑句黄昏斜照水叶

《詞名集解》云：小石調曲。

此亦周自製曲，但不知所犯何調耳。吴文英、周密、王沂孫、譚宣子作，皆四聲悉合，一字不可移易。吴作於「花」字用「作」字，王用「蕊」字，周用「怨」字，皆作平聲讀，勿誤認。《詞律》旁注可平可仄，不可從。《圖譜》更不待言矣。「似」字、「望」字，方和詞用平。「同」字，《草堂》、《詞潔》作「供」，誤。篇中諸去聲字及去上字，各家皆同，宜謹守。「樹」字，葉《譜》作「士」，「最」字作「太」。「露」字，《梅苑》作「雪」，「疑」字作「凝」，皆誤。「清」字作「佳」，「吟」字作「凝」。「青苔」上七字，作「青苔一簇春飛墜」。「照」，「雪」，「望」可平。「疑」可仄。「旋」去聲。「看」平聲。

又一體百二字

謝黃復庵除夜寄古梅枝　　吴文英

剪橫枝句清溪分影句翛然鏡空曉韻小窗春到叶憐夜令霜娥句相伴孤照叶古苔淚鎖句霜千點句蒼華人共老叶料淺雪豆黃昏驛路句飛香遺冷草叶　行雲夢中認瓊娘句冰肌瘦窈窕叶風前纖縞叶殘醉醒屏山外豆翠禽聲小叶寒泉貯豆紺壺漸暖句年事對豆青燈驚換了叶但恐舞豆一簾蝴蝶句玉龍吹又杳叶

與周作平仄悉合，惟「點」字不叶韻，「窈」字叶。吴又一首於此字亦叶。

繡鸞鳳花犯百二字

賦水仙　　周密

楚江湄句湘娥乍見句無言灑清淚韻淡然春意叶空獨倚東風句芳思誰寄叶凌波路冷句秋無際叶香雲隨步起叶漫記得漢宫仙掌句亭亭明月底叶　冰絃寫怨句更多情句騷人恨句枉賦芳蘭幽芷叶春思遠句誰嘆賞國香風味叶相將共歲寒伴侣句小窗静豆沉烟熏翠袂叶幽夢覺句涓涓清露句一枝燈影裡叶

此與周作《花犯》相同，自是一調，當類列。《詞律》未收。

「寄」字一本作「記」，「路」字作「露」，「記得」二字作「説」，「嘆」字缺，《草窗詞》作「笑」，「袂」字作「被」。

玲瓏四犯九十九字

穠李夭桃句是舊日潘郎句親試春豔韻自別河陽句長負露房烟臉叶憔悴鬢點吳霜句細念想豆夢魂飛亂叶嘆畫闌豆玉砌都換叶纔始有緣重見叶　夜深偷展叶香羅薦叶暗窗前豆醉眠葱蒨叶浮花浪蕊都相識句誰更曾擡眼叶休問舊色舊香句但認取豆芳心一點叶又片時句一陣風雨惡句吹分散叶

據姜夔詞注，此是大石調。

「試」字必去聲。舊譜於「細念想」句少一「細」字，「又片時」上多「奈」字，誤。《詞律》於結尾「陣」字斷句，引方和詞及吳詞爲證。愚按：此詞當於「時」字句，觀後張詞可見。《圖譜》於「雨」字句，則大謬矣。「换」字是韻，千里和之。徽宗、高觀國皆用平。换頭是七字句，「展」字藏韻於句中。吳作亦然，方作不用韻。「自」、「畫」、「玉」、「砌」、「夜」可平。「偷」、「前」可仄。

又一體百字　　高觀國

水外輕陰句做弄得飛雲句吹斷晴絮韻駐馬橋西句還繫舊時芳樹叶不見翠陌尋春句問着小桃無

語叶恨燕鶯豆不識閒情句卻隔亂紅飛去叶　少年曾失春風意句到如今豆怨恨難訴叶魂驚冉冉江南遠句烟草愁如許叶此意待寫翠箋句奈斷腸豆都無新句叶問甚時豆舞鳳歌鸞句花裡再看仙侶叶

「問着」句六字，比周作少一字。後結一三、一四、一六字與周異。

又一體百一字　史達祖

雨入愁邊句翠樹晚無人句風葉如剪韻竹尾通涼句卻怕小簾低捲叶孤坐便怯詩慳句念俊賞豆舊曾題遍叶更暗塵句偷鎖鸞影句心事屢羞團扇叶　賣花門館生秋草句悵弓彎豆幾時重見叶前歡盡屬風流夢句天共朱樓遠叶聞道秀骨病多句難自任豆從來恩怨叶料也和前度句金籠鸚鵡句說人情淺叶

「影」字、「草」字不叶韻。結尾作一五、兩四字句，與周作異，史別作一三、一六、一四字，可不拘。

又一體百一字　曹邍

被召賦荼蘼

一笑幽芳句自過了梅花句獨佔清絕韻露葉檀心句香滿萬條晴雪叶肌素淨洗鉛華句似弄玉豆乍

離瑶闕叶看翠蛟豆白鳳飛舞句不管暮烟啼鴂叶　酒中風格天然别叶記唐宫豆賜樽芳洌叶玉蕤唤得餘春住句猶醉迷飛蝶叶天氣乍雨乍晴句長是伴豆牡丹時節叶夜散瓊樓句宴金鋪句深掩一庭香月叶

前段第八句不叶韻。後結一四、一三、一六字，與各家異。

又一體九十九字

戲調夢窗　周　密

波暖塵香句正嫩日輕陰句摇蕩清晝韻幾日新晴句初展綺屏紋綉叶年少忍負韶華句儘佔斷豆艷歌芳酒叶看翠簾句蝶舞蜂喧句催趁禁烟時候叶　杏腮紅透叶梅鈿皺叶燕歸時豆海棠廝勾叶尋芳較晚東風約句還約劉郎歸後叶憑問柳陌情人句比似垂楊誰瘦叶倚畫闌無語句春恨遠句頻回首叶

《詞律》爲吴文英作，誤。

「喧」字用平不叶，「透」字亦藏韻。「還約」句六字，比前多一字。「比似」句六字，比前少一字。「透」字，《草窗詞》作「破」，「還約」句，《笛譜》作「還在劉郎後」。《草窗詞》，「還」字上多「約」字。「憑問」二句，俱作「憑問柳陌舊鶯，人比似垂楊誰瘦。」是與周無異，存參。「屏」字，《笛譜》作「枰」，「歸時」二字作「將歸」。「忍」字，《草窗詞》作「恐」，「看」字作「奈」。「勾」去聲。

又一體百字　劉之才

幾疊雲山句隔不斷闌干句天外凝眺韻秋與愁併句梧逕雨痕先表叶嬌夢半握芙蓉句奈曲曲豆翠屏深窈叶問愁根句當年誰種句漠漠淡烟衰草叶　鴛鴦懶拂蘋花影句記眉嫵豆縈情多少叶轆轤玉虎牽絲轉句聽盡秋釭曉叶算誰念豆卧雲衣冷句香壓金蟾小叶寫新詞先寄句江鴻歸去句且教知道叶

見《陽春白雪》。後段第五句七字，第六句五字，與諸家異。結尾與史作同。

又一體九十九字　翁元龍

窗外曉鶯句報數日西園句花事都空韻綉屋專房句姚魏漸邀新寵叶葱翠試剪春畦句羞對酒豆夜寒猶重叶誤暗期豆緑架香洞叶月黯小階雲凍叶　算春將纜郵亭鞚叶柳成圈豆記人迎送叶蜀魂怨染岩花色句泥徑紅成隴叶樓上半揭畫簾句料看雨豆玉生寒擁叶怕驟晴無事句消遣日長清夢叶

與周作同。惟後結句一五、一六字句法異。

又一體 百字

杭友促歸調此寄意　　張炎

流水人家句乍過了斜陽句一片蒼樹韻怕聽秋聲句卻是舊愁來處叶因甚尚客殊鄉句自笑我豆被誰留住叶問種桃豆莫是前度叶不礙桃花輕誤叶　少年未識相思苦叶最難禁豆此時情緒叶行雲暗與風流散句方信別淚如雨叶何況帳空夜鶴句怎奈向豆如今歸去叶更可憐豆閑裡白了頭句還知否叶

與周作同。惟後段第四句六字多一字，與周密作同。「識」字不用藏韻。

四園竹 七十七字　四或作西

浮雲護月句未放滿朱扉韻鼠搖暗壁句螢度破窗句偷入書幃叶秋意濃句閒佇立豆庭柯影裡換仄叶好風襟袖先知平叶　夜何其平叶江南路繞重山句心知漫與前期平叶奈向燈前墮淚句腸斷蕭娘豆舊日書辭平叶猶在紙仄叶雁信絶句清宵夢又稀平叶

《九宫大成》入南詞小石調引。「四」字作「西」，「裡」字、「紙」字是以仄叶平。此平仄互叶體。

紅林檎近七十九字　或無近字

雪

高柳春纔軟句凍梅寒更香韻暮雪助清峭句玉塵散林塘叶那堪飄風遞冷句故遺度幕穿窗叶似欲料理新妝叶呵手弄絲簧叶　冷落詞賦客句蕭索水雲鄉叶援毫授簡句風流猶憶東梁叶望虛檐徐轉句迴廊未埽句夜長莫惜空酒觴叶

唐教坊曲名。《九宮大成》入南詞雙調引。「近」一作「慢」。又入南詞仙吕宫正曲，又入小石角。慢者拖音，嬝娜不欲輒盡。此調即《紅林檎慢》引子。

《洽聞記》云：唐永徽中，王方言於河灘拾得小樹栽之，及長。乃林檎也。進於高宗，以爲朱奈，又名五色林檎。教坊以爲曲名。

結尾「未」字必用去聲。末句用去平平仄（平）入平上平，只第三字可通。餘則各家皆同，但上入聲字稍異。亦無用去者，須着意。「梅」字，一作「枝」，「助」字作「照」。方無和詞。「暮」、「玉」、「那」、「遺」、「度」、「欲」、「料」、「手」、「冷」、「莫」可平。「高」、「徐」可仄。

蕙蘭芳引八十四字　或無引字

寒瑩晚空句點青鏡豆斷霞孤鶩韻對客館深扃句霜草未衰更緑叶倦游厭旅句但夢繞豆阿嬌金屋叶

想故人別後句盡日空疑風竹叶　塞北氍毹句江南圖幛句是處温燠叶更花管雲箋句猶寫寄情舊曲叶音塵迢遞但勞遠目叶今夜長豆争奈枕單人獨叶

《九宮大成》入南詞仙吕宮引。

楊澤民和詞無「引」字。《詞律》謂「更」、「故」、「舊」、「夜」等字用去聲，「厭旅」、「夢繞」用去上，乃詞中抑揚起調處，是。至「對」、「更」等字是領字，去聲居多，不必穿鑿。「晚」字、「處」字用仄，「遠」字用上，各家皆同，竟未注明。楊澤民於「寒」字用仄，「點」字用平，想不拘。「客」、「塞」可平。「寒」、「音」可仄。「瑩」作去聲。

華胥引 八十六字

川原澄映句烟月冥濛句去舟似葉韻岸足沙平句蒲根水冷留雁唼叶別有孤角吟秋句對曉風鳴軋叶紅日三竿句醉頭扶起還怯叶　離思相縈句漸看看豆鬢絲堪鑷叶舞衫歌扇句何人輕憐細閲叶點檢從前恩愛句但鳳箋盈篋叶愁剪燈花句夜來和淚雙疊叶

「去」、「似」、「雁」、「醉」、「細」、「鳳」、「夜」等字去聲。「對曉風」句，「但鳳箋」句，是一領四字句，均勿誤。「堪」字，《詞律》作「盈」，「但」字，《汲古》缺。「似」字，葉《譜》作「如」，「點檢」二字作「檢點」。「何」可仄。「思」作去。

又一體八十六字

中秋紫霞席上　奚㴬

澄空無際句一幅輕綃句素秋弄色韻剪剪天風句飛飛萬里句吹凈遥碧叶想玉杵芒寒句聽佩環無迹叶圓缺何心句有心偏向歌席叶　多少情懷句甚年年豆共憐今夕叶蕊宫珠殿句還吟飄香秀筆叶隱約霓裳聲度句認紫霞樓笛叶獨鶴歸來句更無清夢成覓叶

前段第五、六句，一四、一五字，與各家異。

又一體八十七字　丁默

論交眉語句惜别心啼句費情不少韻蕙渺溱期句蘋深汜約輕誤了叶幾度金鑄相思句又燕歸鴻沓叶誰料如今句被鶯閒占春早叶　頻把愁勾句惜鵶雲豆嬌紅猶遶叶渾拚如夢句争奈枕醒屏曉叶欲寄芙蓉香半握句怕不禁秋惱叶重是親逢句片帆雙度天杪叶

後段第五句七字，較周作多一字。

芳草渡 八十九字

昨夜裡句又再宿桃源句醉邀仙侶韻聽碧窗風快句疏簾半捲愁雨叶多少離恨苦叶方留連啼訴叶鳳帳曉句又是匆匆句獨自歸去叶　愁顧叶滿懷淚粉句瘦馬衝泥尋去路叶謾回首豆烟迷望眼句依稀見朱户叶似痴似醉句暗惱損豆憑闌情緒叶淡暮色句看盡棲鴉亂舞叶

此與馮延巳小令迴別，故另列。方無和詞，平仄當謹守。

又一體 八十七字　陳允平

芳草渡韻漸迤邐分飛句鴛儔鳳侶叶灑一枝香淚句梨花寂寞春雨叶惜別情思苦叶匆匆深盟訴叶翠浪遠句六幅蒲帆句縹緲東去叶　夕陽冉冉句恨逐潮回南浦路叶謾空念豆歸來燕子句雙棲舊庭户叶市橋細柳句尚不減豆少年張緒叶漸瘦損句懶照秦鸞對舞叶

此和周作，不應少換頭二字，想是脱落。「渡」字，據周詞似偶合，不是起韻。

浣溪沙慢 九十三字

水竹舊院落句鶯引新雛過韻嫩英翠幄句紅杏交榴火叶心事暗卜句葉底尋雙果叶深夜歸青瑣叶燈盡酒醒時句曉窗明豆釵横鬢嚲叶　怎生那叶被間阻時多换平叶奈愁腸數疊句幽恨萬端句好夢還驚破叶可怪近來句傳語也無個叶莫是嗔人呵叶真個若嗔人句卻因何豆逢人問我叶

與《浣溪沙》本調無涉，故分列。惜無方、陳和詞可證，平仄悉宜從之。

「竹」字、「卜」字皆以入作平，切勿用去上聲。「翠」、「暗」、「鬢」、「萬」、「近」、「問」六字必去聲，毋誤。「鶯引新雛過」，《詞律》及各本皆作「櫻笋新蔬果。」「果」字一作「朵」，《詞律訂》據《苕溪詩話》改正，今從之。「醒」作平聲。「呵」上聲。

粉蝶兒慢 九十六字

宿霧藏春句餘寒帶雨句佔得群芳開晚叶艷姿初弄秀句倚東風嬌懶叶隔葉黄鸝傳好語句喚入深叢中探叶數枝新句比昨朝又早句紅稀香淺叶　眷戀叶重來倚檻叶當韶華豆未可輕辜雙眼叶賞心隨分樂句有清樽檀板叶每歲嬉游能幾日句莫使一聲歌欠叶忍因循句一片花飛句又成春減叶

此與毛滂《粉蝶兒》不同，故另列。

「檻」、「欠」、「減」等字閉口韻，雜入寒刪韻不甚協。「倚東風」句，「有清樽」句，是一領四字句。《詞律》「艷」字下缺一字，《片玉詞》無缺。《詞律訂》增「姿」字，「音」字改「語」字。後段「日」字亦可作平。或以「隨分」斷句，誤。惜無楊、方、陳和詞可校。「分」去聲。

拜星月慢 百四字　或無慢字　星一作新

夜色催更句清塵收露句小曲幽坊月暗韻竹檻燈窗句識秋娘庭院叶笑相遇豆似覺瓊枝玉樹相倚句暖日明霞光爛叶水眄蘭情句總平生稀見叶　畫圖中豆舊識春風面叶誰知道豆自到瑤臺畔叶眷戀雨潤雲溫句苦驚風吹散叶念荒寒豆寄宿無人館叶重門閉豆敗壁秋蟲嘆叶怎奈向豆一縷相思句隔溪山不斷叶

唐教坊曲。《宋史・樂志》般涉調。《九宮譜》入小石調。《詞名集解》云：此舊調也，宋太宗譜爲新聲。《填詞名解》云：高平調曲，或無「慢」字，「星」一作「新」，宋詞也。

《嘯餘圖譜》、《詞統》、《詞綜》諸書皆無「相倚」二字，惟《片玉集》有之。吴文英作與此同，陳允平和詞僅作六字，觀周密作亦六字。下句八字又不同，是當有此二字，亦二字領下二句也。周詞中多用之。況後段八字句者三，但於三字逗。今從《片玉集》。《詞律》謂宜分四段，不確。詞中凡五字句者四，皆上一、下四字句法，不可誤。只陳詞用「寂寞芙蓉院」句差異。「向」字，葉《譜》作「何」。「水」、「道」可平。「收」、「秋」、「誰」可仄。「月」，「玉」作平聲。

又一體百二字　周密

癸亥春，沿檄荆溪，朱墨日賓送，忽忽不知芳事落鵑聲草色間。郡僚閒載酒相慰薦，長歌清醑，政亦供愁。客夢栩栩，已蜚度四橋烟水外矣。醉餘短弄，歸日將大書之垂虹。

膩葉陰清句孤花香冷句迤邐芳洲春換韻薄酒孤吟句悵相如游倦叶想人在絮幕香簾凝望句誤認幾許烟檣風幔叶芳草天涯句負華堂雙燕叶　記簫聲豆淡月梨花院叶研箋紅豆謾寫東風怨叶一夜落月啼鵑句喚四橋吟纜叶蕩歸心已過江南岸叶清宵夢豆遠逐飛花亂叶幾千萬縷垂楊句剪春愁不斷叶

原題《草窗詞》作《春暮寄夢窗》。前段第六句九字，七句八字，結句一六、一五字，與周作異。

又一體百二字　陳允平

漏閣閒籤句琴窗倦譜句露濕宵螢欲暗韻雁咽涼聲句寂寞芙蓉院叶畫檐外豆樹色驚霜漸改叶淡碧雲疏星爛叶舊約桐陰句問何時重見叶　倚銀屏豆更憶秋娘面叶想凌波豆共立河橋畔叶重念酒污羅襦句漸金篝香散叶剪孤燈豆伴宿西風館句黄花夢豆對發淒涼嘆叶但悵望豆一水家山句

被紅塵隔斷叶

此是和周韻者，平仄一字無訛，豈有少二字之理。或周作是誤衍耳。「污」去聲。

又一體百一字

祠壁宮姬控弦可念　彭泰翁

霧鬢孤棱句塵侵團扇句恨滿哀彈倦理韻控雨籠雲句共閒情孤倚叶斂蛾黛豆怕似流鶯歷歷句惹得玉鎖瓊碎叶可惜闌干句但苔花沈穗叶　算天音豆不入人間耳叶何人謾豆裛捐青衫淚句不是舊譜都忘句厭新腔嬌脆叶多生不得丹青意句重來又花鎖長門閉叶到夜永豆笙鶴歸時句月明天似水叶

「多生」句七字，比各家少一字。結句上二、下三字，亦異。

夜飛鵲百六字　或加慢字

別情

河橋送人處句良夜何其韻斜月遠墮餘輝叶銅盤燭淚已流盡句霏霏涼露霑衣叶相將散離會句探

風前津鼓句樹杪參旗叶花驄會意句縱揚鞭豆亦自行遲叶　迢遞路回清野句人語漸無聞句空帶愁歸叶何意重經前地句遺鈿不見句斜逕都迷叶兔葵燕麥句向殘陽豆影與人齊句但徘徊班草句欷歔酹酒句極望天西叶

《詞名續解》云：道調宮曲。

盧祖皋詞加「慢」字。

「送」、「散」、「路」三字去聲，勿誤。「相將散離會」下，《詞律》多「處」字。《片玉詞》只五字，趙以夫、吳文英、陳允平、張炎作皆五字。陽春盧祖皋作六字。《蒲江詞》及各本無「粉」字，是衍文。萬氏云：自來相傳如此，不敢收一百六字體。不知何人所傳無據之談，貽誤來學。「殘」作「斜」，與上重，亦誤。趙作結尾一三、一四、一六字，差異。「班」字或作「青」。「墮」字，葉《譜》作「墜」，「斜徑」二字作「芳徑」。「遠」、「燭」、「樹」、「杪」、「會」、「亦」、「路」、「不」、「兔」、「陽」、「極」可平。「良」、「已」、「風」、「津」、「花」、「聞」、「空」、「前」、「遺」、「班」可仄。

塞翁吟 九十二字

暗葉啼風雨句窗外曉色瓏璁韻散冰麝句小池東叶亂一岸芙蓉叶蘄州簟展雙紋浪句輕帳翠縷如空叶夢遠別句淚痕重叶淡鉛臉斜紅叶　忡忡叶嗟憔悴豆新寬帶結句羞艷冶豆都消鏡中叶有蜀紙豆堪憑寄恨句等今夜豆灑血書詞句剪燭親封叶菖蒲漸老句早晚成花句教見薰風叶

《詞名集解》云：大石調也。

《歷代詩餘》云：意取塞上翁事。琴操也，取以名詞。

《詞律》以「芙蓉」上爲一疊，共分三疊，如《瑞龍吟》雙拽頭。戈氏説同。愚按：雙拽頭甚多，字句必相同。此前五字後七字，非雙拽頭體也。

「鏡」字必用去聲。「一岸」之「一」字，《詞律》注作平。方千里、楊澤民和詞，一作「枕」字，一作「木」字，張炎作「淡」字，皆非平聲。「散」、「夢」、「艷」、「蜀」可平。「教」可仄。

掃花游九十五字　一名掃地游　掃地花

曉陰翳日句正霧靄烟横句遠迷平楚韻暗黄萬縷叶聽鳴禽按曲句小腰欲舞叶細繞回堤句駐馬河橋避雨叶信流去叶問一葉怨題句今到何處叶　春事能幾許叶任佔地持杯句掃花尋路叶淚珠濺俎叶嘆將愁度日句病傷幽素叶恨入金徽句見説文君更苦叶黯凝竚叶掩重關豆遍城鐘鼓叶

此以詞句立名，自是創調。《清真集》名《掃地花》。

「春」字平聲。「翳」、「暗」、「按」、「怨」、「到」、「度」、「遍」等字去聲。「萬縷」、「避雨」、「濺俎」、「更苦」用去上。方千里、楊澤民、陳允平、吴文英、王沂孫、張炎各家，字字皆同。只「一葉」二字，吴用平平及平仄，餘皆用入。抑當用平，此以入作平。作者勿用去聲可也。「曉」字、「怨」字，周密、張炎用平。「欲舞」，「欲」字各家用平。間有用入者，是以入作平無疑。「曉陰翳日」四字，一作「曉日翳陰」，誤。「日」字間有用韻者。「到」字一作「在」。「細」、「駐」、「淚」可平。

又一體 九十二字

綠陰　王沂孫

小庭蔭碧句遇驟雨疏風句剩紅如掃韻翠交徑小叶問攀條弄蕊句有誰重到叶謾說青青句比似花時更好叶怎知道叶一別漢南句遺恨多少叶　清晝句人悄悄叶任密護簾寒句暗迷窗曉叶舊盟誤了叶又新枝嫩子句總隨春老叶漸隔相思句極目長亭路杳叶攬懷抱叶聽蒙茸豆數聲啼鳥叶

前段第十句比周作少一字，後段八句少二字，不知是脱誤否。

塞垣春 九十六字

暮色平分野韻傍葦岸豆征帆卸叶烟深極浦句樹藏孤館句秋景如畫叶漸別離豆氣味難禁也叶更物象豆供瀟灑叶念多才豆渾衰減句一懷幽恨難寫叶　追念綺窗人句天然自豆風韻閒雅叶竟夕起相思句謾嗟怨遥夜叶又還將豆兩袖珠淚句沉吟向豆寂寥寒燈下叶玉骨爲多感句瘦來無一把叶

《九宫大成》入南詞大石調引。

前結句，方和詞只五字，是脱誤。「又還將」下，或於「淚」字斷，或於「吟」字斷。據方和詞作一七、一八字句。據吴文英作，當於「袖」字斷。「景」、「恨」、「韻」、「怨」、「爲」五字必仄聲。「一把」「一」字，方和作「滿」，陳和作「半」，吴文英作「香」。此字似宜用仄。

又一體九十八字

丙午歲旦　　吴文英

漏瑟侵瓊管韻潤鼓借豆烘爐暖叶藏鈎怯冷句畫鷄臨曉句鄰語鶯囀叶殢緑窗豆細咒浮梅琖叶換蜜炬豆花心短叶夢驚回豆林鴉起句曲屏春事天遠叶　迎路柳絲裙句看争拜東風句盈灞橋岸叶髻落寶釵寒句恨花勝遲燕叶漸街簾影轉句還似新年句過郵亭豆一相見叶南陌又燈火句綉囊塵香淺叶

「看争拜」二句九字，比前作多二字。「漸街簾」下句法與方和詞不同。「鷄」字，《詞律》作「難」，誤。據戈本改。「一」作平聲。

黄鸝繞碧樹九十七字

雙闕籠佳氣句寒威日晚句歲華將暮韻小院閒庭句對寒梅照雪句淡烟凝素叶忍當迅景句動無限豆傷春情緒叶猶賴是豆上苑風光漸好句芳容將煦叶　草莢蘭芽漸吐叶且尋芳豆更休思慮叶這浮世豆甚駈馳利祿句奔競塵土叶縱有魏珠照乘句未買得流年住叶争如盛飲流霞句醉偎瓊樹叶

「風光漸好」，自宜爲句，《詞律》誤。「盛飲流霞」四字，《詞律》作「剩引榴花」，誤。據《清真集》改正。「漸」字，葉

《譜》作「盡」。方無和詞。

瑣窗寒 九十九字

寒食

暗柳啼鴉句單衣佇立句小簾朱户韻桐陰半畝句静鎖一庭愁雨叶灑空階豆更闌未休句故人剪燭西窗語叶似楚江暝宿句風燈零亂句少年羈旅叶　遲暮叶嬉游處叶正店舍無烟句禁城百五叶旗亭喚酒句付與高陽儔侶叶想東園豆桃李自春句小脣秀靨今在否叶到歸時豆定有殘英句待客攜樽俎叶

《宋史·樂志》太宗製正宮曲。《九宮大成》入南詞南吕宫正曲。

一名《鎖寒窗》。《樂府雅詞》以「遲暮」屬上段，皆刻誤。

「陰」字一作「花」。「更」字，《汲古》作「夜」。「畝」字、「酒」字，方千里和詞作「許」字、「羽」字，叶韻可不拘。

「更闌」二句，前後不同，其四聲定應恪守。若以前後段比較，「李」字可以上作平，「靨」字以入作平，但不可用去聲字。「在」字原有用平者，既從此體，不可改易。

又一體 九十八字

楊无咎

柳暗藏鴉句花深見蝶句物華如綉韻情多思遠句又是一番清瘦叶憶前回豆庭榭未春句個人預約

同攜手叶恨遲留豆載酒期程句孤負踏青時候叶　搔首叶雙眉暗鬥叶況無似今年句一春晴晝叶風僝雨僽句直得迤逗叶想閒窗豆針線倦拈句寂寞細撚酴醾嗅叶待還家豆定是冤人句淚粉盈襟袖叶

前結作一七、一六字句法，平仄相同。原可一氣貫下，不拘。換頭一二字、一四字叶，比周作多一字。《詞律》作「忽雙眉暗鬥」，今從《歷代詩餘》本。「直得迤逗」四字定是脫誤。「榭」字、「線」字用去聲。「醾」字用平。前後段相同。「思」去聲。「寞」作平。

又一體九十八字　　程先

雨洗紅塵句雲迷翠麓句小車難去韻淒涼感慨句未有今年春暮叶想曲江豆水邊麗人句影沉香歇誰爲主叶但兔葵燕麥句風前搖蕩句徑花成土叶　空被多情苦叶嘉會難逢句少年幾許叶紛紛鼎沸句負了青陽百五叶待何時豆重睹太平句曲衣貰酒相爾汝叶算蘭亭豆有此歡娛句又卻悲今古叶

「被」字不叶韻。「嘉會」上比周作少一字。「水」字、「睹」字用上聲，是以上作平。

又一體九十八字

玉蘭　　吴文英

紺縷堆雲句清腮潤玉句記人初見韻蠻腥未洗句梅谷一懷淒惋叶渺征槎豆去乘閬風句佔香上國幽心展叶遺芳掩色句真姿凝淡句返魂騷畹叶　一盼叶千金換叶又笑伴鴟夷句共歸吴苑叶離烟恨水句夢杳南天秋晚叶比來時豆瘦肌更消句冷熏沁骨悲鄉遠叶最傷情豆送客咸陽句佩結西風怨叶

「遺芳」上比各家少一字。「鄉」字用平聲。「渺征槎」二句，「比來時」二句，前後平仄同。以上二體，《詞律》不收。然各調皆列異體，此獨不列何也？

又一體九十九字

張　炎

亂雨敲春句深烟帶晚句水窗慵憑韻空簾慢捲句數日更無花影叶怕依然豆舊時燕歸句定應未識江南冷叶最憐他樹底句蔫紅不語句背人吹盡叶　清潤叶通幽徑叶待移燈剪韭句試香温鼎叶分明醉裡句過了幾番風信叶想竹間豆高閣半閒句小車未來猶自等叶傍新晴豆隔柳呼船句待教濤信穩叶

「待移燈」句及尾句，平仄與各家異。

又一體九十九字

簾下　　曾隸

綉額雲橫句銀鈎月小句緑楊庭院韻疏明滿幅句永晝未煩高捲叶愛空紋巧匀曲波句弄晴日色花陰轉叶任篩金影碎句輕敲檐玉句礙雙飛燕叶　凝見叶窗留篆影句六曲雕闌句翠深絳淺叶香風暗度句不隔嬌鬆鶯囀叶似無情重霧下垂句嫩桃想像添笑臉叶望瑶階豆窣地雙鴛句注盼金蓮遠叶

換頭一二、一四字，與各家異。

月下笛九十八字

小雨收塵句涼蟾瑩徹句水光浮碧韻誰知怨抑叶静倚官橋吹笛叶映宫牆豆風葉亂飛句品高調側人未識叶想開元舊譜句柯亭遺韻句盡傳胸臆叶　闌干四遶句聽折柳徘徊句數聲終拍叶寒燈陋館句最感平陽孤客叶夜沉沉豆雁啼正哀句片雲盡捲清漏滴叶黯凝魂豆但覺龍吟句萬壑天籟息叶

《七家詞選》云：此調諸本皆作《月下笛》，細按之，實是《鎖窗寒》也。换頭與結句稍異，乃一調而異體者。説本凌廷堪。《填詞名解》云：此詞由彭巽吾「江上行人」詞得名。愚按：彭巽吾名無遜，姜、張皆在其前，此語固不足據。遍考諸家，周作而後以姜詞爲最先，此詞體格實與《鎖窗寒》無二。白石旁譜不注工尺，並非自製，究不知何人創始。或曰姜以兩七字句倒轉爲《鎖窗寒》之變體，至元，始更名《月下笛》。抑題是《月下聞笛》，遂致傳訛，均未可知。姑繫於末，俟考。方、楊皆無和詞。

「怨」、「亂」、「未」、「陋」、「正」、「漏」、「籟」等去聲字，勿誤。《詞律》謂「館」字宜叶，改「室」字，大謬。詞中此等句，或叶或不叶，各家甚多。觀諸後作可知。「闌干」下，葉《譜》多「空」字，「平陽」作「山陽」，「清漏」作「秋漏」。

又一體 九十九字

姜夔

與客攜壺句梅花過了句夜來風雨韻幽禽自語叶啄香心度牆去叶春衣都是柔荑剪句尚沾惹殘茸半縷叶悵玉鈿似掃句朱門深閉句再見無路叶　凝佇叶曾游處叶但繫馬垂楊句認郎鸚鵡叶揚州夢覺句彩雲飛過何許叶多情倩梁間燕句問吟袖豆弓腰在否叶怎知道豆誤了人年少句自恁虛度叶

前後兩七字句，句法比周作倒轉，餘與《鎖窗寒》無二。只結處句法略殊，而字數亦合，豈非一調。兩結作去仄平去，與各家異。「啄香心」，「心」字略逗。元人曾允元作與此同。

又一體九十九字

寄仇山村　張炎

千里行秋句支筇背錦句頓懷清友韻殊鄉聚首叶愛吟猶自詩瘦叶山人不解思猿鶴句笑問我豆蕭娘在否叶記長隄畫舫句花柔春鬧句幾番攜手叶　別後叶都依舊叶但靖節門前句近來無柳叶盟鷗尚有叶可憐西塞漁叟叶斷腸不恨江南老句恨落葉飄零最久叶倦游處豆減羈愁句猶未消磨病酒叶

此與姜作同。「友」字叶韻，結處兩三、一六字，姜詞亦可如此讀。「蕭」字，《詞絜》作「韋」，「減」字作「感」，「病」字作「是」。

又一體百字

孤遊萬竹山中，閒門落葉，愁思黯然，因動黍離之感。時寓甬東積翠山舍。　張炎

萬里孤雲句清遊漸遠句故人何處韻寒窗夢裡句曾記經行舊時路叶連昌約略無多柳句第一是豆難聽夜雨叶漫驚回悽悄句相看燭影句擁衾誰語叶　張緒叶歸何暮叶半零落依依句斷橋鷗鷺叶天涯倦旅叶此時心事良苦叶只愁重灑西州淚句問杜曲豆人家在否叶恐翠袖豆已天寒句猶倚梅

花那樹叶

前段「裡」字不叶，後「旅」字叶。「曾記」句七字，與各家異。《詞律》缺「夢」字，誤。「零」字，《詞潔》作「泠」，「已」字作「正」。

又一體九十七字

彭元遜

江上行人句竹間茅屋句下臨深窈韻春風嫋嫋叶翠鬟窺樹猶小叶遥迎近倚歸還顧句分付横枝未了叶扁舟卻去句中流回首句驚散飛鳥叶　重踏新亭屐齒句耿山抱孤城句月來華表叶鷄聲人語句隔江相伴歌笑叶壯游歷歷同高李句未擬詩成草草叶長橋外有醒人吹笛句併在霜曉叶

前後兩七句各六字。後起句六字。前結八句四字，少一字。後結一三、一五、一四字，與各家異。「嫋」字叶韻，「語」字不叶。

大有九十九字

仙骨清羸句沈腰憔悴句見傍人豆驚怪消瘦韻柳無言豆雙眉盡日齊鬥叶都緣薄倖賦情淺句許多時豆不成歡偶叶幸自也總由他句何負這心口叶　令人恨句行坐呪叶斷了更思量句没心永守叶前日相

逢句又早見伊仍舊叶卻更被温存後叶都忘了豆當時僝僽叶便搊撮豆九百身心句依前待有叶

此調不知命意，《清真集》不載，方亦無和詞。「怪」字、「賦」字、「待」字必去聲，勿誤。「這」字是以入作平，《詞律》注可仄，誤。「令」、「斷」、「没」可平。「仙」、「傍」、「何」可仄。

又一體九十九字

九日 潘希白

戲馬臺前句採花籬下句問歲華豆還是重九韻恰歸來豆南山翠色依舊叶簾櫳昨夜聽風雨句都不是豆登臨時候叶一片宋玉情懷句十分衛郎清瘦叶 紅萸佩句空對酒叶砧杵動微寒句時欺羅袖叶秋色無多句早是敗荷衰柳叶強整帽檐欹側句曾經向豆天涯搔首叶幾回憶豆故國蓴鱸句霜前雁後叶

後段第七句不叶韻，句法亦異。「聽」字去聲，《圖譜》注平，誤。觀周作可知。

丁香結九十九字

蒼蘚沿階句冷螢粘屋句庭樹望秋先隕韻漸雨淒風迅叶淡暮色豆倍覺園林清潤叶漢姬紈扇在句重吟

翫棄擲未忍叶登山臨水句此恨自古句消磨不盡叶　牽引叶記醉酒歸時句對月同看雁陣叶寶幄香纓句熏爐象尺句夜寒燈暈叶誰念留殢故國句舊事勞方寸叶惟丹青相伴句那更塵昏蠹損叶

《填詞名解》云：商調曲。

「未」、「恨」、「雁」、「故」、「蠹」五字必去聲。前結方和詞作兩六字句，平仄如一。「擲」字，吴文英作「平」，方、陳和詞皆作仄。此字似以入作平。「自古」「自」字，吴作平，或誤。「雨凄風迅」，一作「風凄雨迅」，誤。「樹」可平。「庭」、「同」可仄。「看」平聲。

渡江雲 百字

晴嵐低楚甸句暖回雁翼句陣勢起平沙韻驟驚春在眼句借問何時句委曲到山家叶塗香暈色句盛粉飾豆爭作妍華叶千萬絲豆陌頭楊柳句漸漸可藏鴉叶　堪嗟叶清江東注句畫舸西流句指長安日下換仄叶愁宴闌豆風翻旗尾句潮濺烏紗平叶今宵正對初絃月句傍水驛豆深艤蒹葭平叶沉恨處句時時自剔燈花平叶

《九宫大成》入南詞高大石調正曲。《詞名集解》：小石詞曲。

平仄互叶體。「下」字以仄叶。「楚」、「雁」、「暈」三字用去聲，各家皆同。前尾，《圖譜》脱「可」字，誤。後尾，《樂府雅詞》諸書皆有「但」字，各家皆無。方千里和詞作□。余謂此即所謂襯字也。與夢窗「縱芭蕉，不雨也颼颼」同例。每按南北曲多有襯字工尺者甚多，所謂帶腔也。萬氏謂詞無襯字，余大不爲然。詞與曲皆被管絃，本無二理，觀此等處可知。

「陣」、「委」、「粉」、「飾」、「陌」、「漸」、「日」、「傍」、「驛」可平。「絲」、「清」、「東」、「愁」、「闌」、「旗」、「潮」可仄。

又一體百字　　陳允平

桐花寒食近句青門紫陌句不禁緑楊烟韻正長眉仙客句來向人間句聽鶴語溪泉叶清和天氣句爲栽培豆種玉心田叶鶯晝長句一樽芳酒句容與看芝山叶　庭間叶東風榆莢句夜雨苔痕句滿地欲流錢叶愛牆陰豆成蹊桃李句春自無言叶殷勤曉鵲憑檐喜句丹鳳下豆紅藥階前叶蘭砌繞句香飄舞袖斑斕叶

「錢」字用平叶，不換仄韻，餘同。換頭二字，周密詞屬上段，誤。

三犯渡江雲百字　　陳允平

爲竹友謝少保壽

風流三逕遠句此君淡薄句誰與伴清足韻歲寒人自得句傍石鋤雲句閒裡種蒼玉叶琅玕翠立句愛細雨豆疏烟初沐叶春晝長句秋聲不斷句洗紅塵凡俗叶　高獨叶虛心共許句淡節相期句幾人閒棋局叶堪愛處豆月明琴院句雪晴書屋叶心盟更許青松結句笑四時豆梅馨蘭菊叶庭砌繞句東風旋添新緑叶

原注舊平韻，今改入聲韻，此陳允平創製。「秋聲」二字，葉《譜》作「清風」，「旋」字作「漸」。「繞」字，《詞譜》作「曉」。

遶佛閣 百字

旅況

暗塵四斂韻樓觀迥出句高映孤館叶清漏將短叶厭聞夜久簽聲動書幔叶桂華又滿叶閒步露草句偏愛幽遠叶花氣清婉叶望中迤邐城陰度河岸叶　倦客最蕭索句醉倚斜橋穿柳線叶還似汴提虹梁橫水面叶看浪颭春燈句舟下如箭叶此行重見叶嘆故友難逢句羈思空亂叶兩眉愁豆向誰舒展叶

《汲古》入吴文英《夢窗甲稿》，缺「高映」二字，誤。又一首「花氣」二字用「暗情」。一首於「鬢」字用平，起句皆不叶。陳允平和詞首句起韻，惟「望中」用「重懷」，「重」字平。「索」字用「人」字平，「堤」字用「積」字仄，餘無不同。此調體格應如是，不可因其太拗改順。「厭聞」句，「望中」句，「還似」句，皆九字，是二字領起下七字。當於二字豆，切勿於三字、五字豆爲要。「望」、「索」可平，「提」可仄。其餘平仄不可移易一字。諸去聲字尤緊要，均當照填，故不細注。「橋」字，《汲古》、《詞律》作「陽」，「浪颭」二字作「緑颺」。「舒」字一作「行」。「觀」去聲。

又一體 百字

贈郭李隱　　吴文英

蒨霞艷錦句星媛夜織句河漢鳴杼韻紅翠萬縷叶送幽夢與人間秀芳句叶怨宮恨羽叶孤劍漫倚句無

恨淒楚叶賦情縹緲句東風搖颺花絮口口口叶　鏡裡半鬢雪句詞老春深鶯曉處叶長閉翠陰幽坊楊柳户叶看故苑離離句遍生禾黍叶短藜青屨叶笑寄隱閒退句鷄社歌舞叶最風流墊巾沾雨叶

「錦」字、「緲」字不叶韻，與周異。又一首於「緲」字叶，「錦」字不叶。《汲古》原刻空三格。「花絮」二字，當是結字叶韻。「東風」上應三脫字。

又一體 百字　　張　艾

渚雲弄濕韻烟縷際晚句江國遥碧叶鴻過無跡叶怕聞野寺孤鐘動悽惻叶小橋路窄叶疏袖暗拂叶衰草愁聽句蛩語還寂叶可堪過了龜紗負瑤席叶　荏苒露華白叶一夜秋窗驚曉色叶柳影孤危殘蟬空抱葉叶想搖落關情句歸夢頻折叶物華消歇叶盡倒斷寒塘句幽香先滅叶怨紅供豆拒霜啼頰叶

見《陽春白雪》。「拂」字叶韻，「聽」字不叶。換頭句叶，與周、吴作異。「沸」字或非叶。「葉」、「歇」、「頰」等字叶入職韻太雜。

玉燭新 百一字

早梅

溪源新臘後韻見數朵江梅句剪裁初就叶暈酥砌玉句芳英嫩故把春心輕漏叶前村昨夜句想弄

月豆黄昏時候叶孤岸峭句疏影横斜句濃香暗沾襟袖叶　樽前賦與多才句問嶺外風光句故人知否叶壽陽漫鬥叶終不似豆照水一枝清瘦叶風嬌雨秀叶好亂插豆繁華盈首叶信道豆羌笛無情句看看又奏叶

《梅苑》爲李清照，方無和詞。

「剪」、「砌」、「昨」、「暗」、「故」、「漫」、「雨」、「又」諸仄聲字，勿誤。用去聲更妙。「又」字各家皆去聲。吴文英於「夜」字叶，「玉」字不叶。此等調究宜前後相符爲是。且作七字句亦可，但宜藏韻爲正。《梅苑》缺「亂」字、「道」字，「數」字作「幾」，「峭」字作「悄」，皆誤。「砌」「嶺」、「不」、「一」可平。「終」可仄。

又一體 百一字

楊无咎

荒山藏古寺韻見傍水梅開句一枝三四叶蘭枯蕙死叶登臨處豆慰我魂消惟此叶可堪紅紫叶曾不解豆和羹結子叶高壓盡豆百卉千葩句因君合修花史叶　韶華且莫吹殘句待淺揾松煤句寫教形似叶此時胸次叶凝冰雪豆洗盡從前塵滓叶吟安個字叶拚不寐豆勾牽幽思叶誰伴我豆香宿蜂媒句光浮月姊叶

前後段第四、六句俱叶韻。